鬼の生贄花嫁と甘い契りを三
～鬼門に秘められた真実～

湊祥

STARTS
スターツ出版株式会社

目次

鬼の生贄花嫁と甘い契りを三

～鬼門に秘められた真実～

第一章　鬼門と古来種

居間の中心に置かれたテレビ画面には、人間界で大人気を博し、あやかし界にもファンの多い恋愛ドラマが映し出されていた。

【最終話】というテロップが画面の下部に出ている。

「い、いよいよ最終回ですね」

「ああ。主人公とヒロインが幸せになるといいのだが」

ふたり掛けの座椅子に夫の伊吹《いぶき》と肩を並べて座っている凛《りん》は、彼とそんな会話をした後テレビ画面を食い入るように見つめた。

この作品は動画配信サービスで視聴できるドラマで、伊吹の弟である鞍馬《くらま》に勧められたものだ。

『好みのタイプは人間の女の子！』と豪語する鞍馬は、天狗《てんぐ》のあやかしでありながら人間界の文化に多大な興味を示し、凛によく人間の流行を教えてくれる。

鞍馬に『凛ちゃんも絶対おもしろいって思うよ。ぜひ見てみて！』と言われた当初は、ひとりで視聴するつもりだった。恋愛がメインのドラマだというから、伊吹はあまり興味がないかもしれないなと考えたのだ。

しかしワンクール十二話もあったし、どうせなら伊吹とドラマの内容について共有しながら視聴したい……と思い直し、ダメ元で伊吹に声をかけた。

すると意外にも、『へぇ。おもしろそうではないか』と伊吹は乗り気だった。

思い返せば、伊吹の書斎の本棚には恋愛小説がいくつか置かれていた。

それ以外にも、ミステリー、コメディ、青春、ホラー小説などジャンルは多岐にわたっている。

普段から物語ならなんでも嗜《たしな》むようにしているからこそ、伊吹は博学多識なのかもしれない。

そしてふたりで視聴を始めたわけだが、一話目の冒頭から息もつかせぬおもしろさで、凛も伊吹もあっという間に引き込まれてしまった。

ふたりで申し合わせたわけでもないのに、少しでも時間ができた時には自然とこのドラマの続きを追うのが習慣になるほどだった。

そして迎えた最終回。これまでの話と同様に予期せぬ展開が続き、ふたりとも画面から目が離せなかった。

時折「この後どうなってしまうんでしょう!?」「うーむ……」などという会話を挟みながらも、夢中でストーリーを追う。

ちなみに現在、居間は凛と伊吹のふたりきりだった。

同居の鞍馬は友人と『お伽仲見世通り《とぎなかみせどお》』というあやかしたちが集まる繁華街に遊びに行っており、使用人で猫又《ねこまた》の国茂《くにしげ》は台所で家事をしている。

いよいよドラマは最終回のラストシーンとなった。

純白のウェディングドレスを着たヒロインと、その傍らで幸せそうに微笑む主人公の姿が画面を彩っている。

「よかった……！　ふたりは幸せになれるのですね」

「ああ。途中、また引き離されそうになってしまってハラハラしたな」

感極まった凜が涙声で言うと、伊吹がうんうんと頷《うなず》く。最後の最後までどうなるかわからない展開だったため、感動もひとしおだった。

『早く俺たちの子供が欲しいね』

『そうだね。男の子と女の子どっちがいい？』

『どっちでも……ううん、両方！』

結婚式の最中、主人公とヒロインがそんな会話を繰り広げるシーンでドラマは結末を迎えた。すると。

「……子供か」

ぼそりと伊吹が呟《つぶや》いたのが聞こえ、凜はハッとする。

──もしかして伊吹さん、早く子供が欲しいのかな……。

しみじみとした伊吹の言い方に、凜はそう考えてしまった。

御年二十七才の伊吹は鬼であり、その上次期種族の頭領となる『鬼の若殿』と呼ばれる位の高いあやかしだ。さらに、あやかし界全体を統治する次代のあやかし頭領としても、最有力候補だと市井《しせい》では噂《うわさ》されているらしい。

対する凛は、妖力をいっさい持たないただの人間である。ただし、百年に一度の頻度で誕生すると言われる〝夜血《やけつ》〟という特別な血を体内に宿しており、『夜血の乙女』と呼ばれる存在だった。

鬼は人間を食わないあやかしであるが、人間の体内で唯一夜血だけを美味だと感じる性質を持つ。

夜血の乙女は鬼の若殿に花嫁として献上されるのが、あやかし界と人間界の間で取り決められた古くからの掟《おきて》であった。

しかし表向きでは花嫁と言っても、夜血の乙女は生贄《いけにえ》同然だと人間界では認識されていた。

なぜなら乙女は献上された直後に、夜血を好む鬼の若殿によって血を吸い尽くされて絶命するという俗説を皆信じていたからだ。

夜血の乙女だと発覚するまで、その赤い瞳のせいで不吉な子だと家族にすら蔑まれていた凛は、抗うことなくその運命を受け入れていた。

つまり、鬼の若殿に会ったら最後、自分はもう息絶えるものだと覚悟して伊吹の元にやってきたのだが……。

なんと伊吹はそんな凛を優しく受け入れ、花嫁として全力で寵愛《ちょうあい》してきたのだ。

最初は戸惑い、信じられなかった凜。だが、伊吹の真っすぐな愛を何度も肌で感じた今では、素直にそれを享受できるようになってきていた。

されども、ここはあやかし界。

一歩外に出れば、人間を食らう種族であるあやかしたちが通りを闊歩《かっぽ》しているという、人間の凜にとっては危険極まりない場所だった。

そのため、ごく親しい者を除いて自分が人間であることを凜は隠して生活するようにしていた。

ところが、あやかし界に来てまだ三カ月足らずだというのに、凜を人間だと察したあやかしが何名かいる。

幸い伊吹と親しいあやかしばかりだったので、凜の正体を吹聴するような者はいなかった。

しかし必死で隠していても、いずれは『鬼の若殿の嫁は人間らしい』と皆が知ることになるだろう。

あやかしと人間は平等だと建前では言われている現代だが、いまだに人間を下等な種族だと考えているあやかしは多い。ほんの百年少し前までは、あやかしたちは欲望の赴くまま、人間を好き勝手に食らっていたのだから。

よって、鬼の若殿の嫁が人間だと発覚したら、伊吹を『人間なんかを嫁にもらった若殿』と揶揄するあやかしが出てくるだろう。凛を食らおうとするあやかしすら現れるかもしれない。

それを防ぐためにも、凛は実力のあるあやかしの御朱印を集めていた。

あやかし界では、妖力の強いあやかしは持っている能力や特性に合った称号と御朱印が与えられる。そして御朱印を己の御朱印帳に押してもらうと、魂の契りが結ばれるのだ。

それは押印した相手の力を認め、どんな状況下でも裏切らないというなによりも優先される契約である。

例え御朱印帳の持ち主が人間であっても有効とされるその契り。百年前の夜血の乙女であり、伊吹の祖父の妻であった茨木童子《いばらきどうじ》も、数多の御朱印を集めあやかしたちから一目置かれる存在となったと言い伝えられている。

凛の御朱印帳にはまだ四つしか印が押されていない。

あやかしたちから認められ、『私は鬼の若殿である伊吹の妻だ』と胸を張るには、たくさんの御朱印を集めてからではないと難しいだろう。

伊吹も凛のその意向には理解を示していて、『夫婦らしいことができるのは、御朱印を集めてからだな』と以前に言っていた。

だから、自分たちが子供を持つのはまだまだ先になるだろうと考えていたし、伊吹との触れ合いはいまだに口づけどまりだ。

恋愛経験が皆無だった凛は、伊吹との子供を作ると想像しただけで赤面してしまうくらい初心《うぶ》だった。

そんな自分をかわいいと愛でてくれる伊吹だったが。

――このままでは、いつ十分な数の御朱印を集められるかわからないよね……。だいたい御朱印をいくつ集めたらいいのかさえ見当もつかないし。すごく時間がかかってしまうかも。

たまたま今までは御朱印の持ち主が気のいいあやかしばかりだったので、うまくいっていた。

しかし基本的にあやかしは偏屈な変わり者ばかり。今後はそう簡単にはいかないだろうというのが、伊吹と凛の共通認識だった。

もし何十年もかかってしまったらどうしようと不安になる。下手をすれば、自分が妊娠するのが難しくなる年齢になってしまうかもしれない。

――本当に、このままでいいのかな。

そんなふうに凛が焦っていると。

「……凛」

「はい……えっ？」

突然伊吹が抱き寄せてきたので、凛は驚き目を見開く。すると伊吹は熱を帯びた瞳で見つめてきた。

黒曜石のような輝きを放つ瞳、すっと通った美しい鼻梁《びりょう》、そして形のよい唇。非の打ち所のない整った面立ちは、彫刻のように完璧だった。

これほどまでの美男子を、伊吹に会うまで凛は見たことがなかった。

そんな男性が自分の夫だなんて、いまだにたまに信じられなくなる瞬間さえある。

戸惑う凛の顎にそっと手を添えて上を向かせると、伊吹は唇を重ねた。柔らかく熱いその感触に、凛の全身が熱を帯びていく。

「すまん。ドラマの幸せそうなふたりを見ていたら、急に凛が愛おしくなって」

唇を離した後、伊吹が切なげに声を紡いだ。

「……は、はい」

なんて答えたらいいかわからず凛がただ返事だけをすると、伊吹はまた口づけをしてきた。

凛は瞳を閉じて、ただそれを受け入れる。

しかしいつもの口づけよりも力強く、濃厚な味わいがした。顎に添えられていた手が首筋を触り、くすぐったくて身震いする。

もともと、伊吹との口づけは定期的に必ず行わなければいけない行為だった。

凛からは人間の匂いがにじみ出ているためだ。人間を食らう種族であるあやかしがそれを嗅ぎつけたら、凛は真っ先に狙われてしまうのである。

伊吹の口づけには、人間の匂いを鬼の匂いで上書きする効果があった。頬への口づけなら一日、唇同士の口づけなら三日間、その効力は保たれる。

匂い消しのことだけを考えれば、唇を合わせる口づけは三日に一回で十分なのだが、ふたりの愛が深まってきた最近では毎日のようにふたりは唇を重ねていた。

毎回、圧倒的な多幸感を感じられるその行為が日々行われることを、凛は心底嬉《うれ》しく思っていたが。

――だ、だけど今日の伊吹さんのキス、なんだかちょっと、ううん、かなり激しい気がする……。

しっかりと呼吸をする暇がないくらいの口づけに、だんだん凛の頭はぼんやりとしてきた。伊吹のこの勢いだと接吻《せっぷん》だけでは済まないのではないかという気さえしてくる。

しかしうまく頭が回らず、ただ伊吹に身を任せた時だった。

「ただいまー！　お土産においしそうなカステラ買ってきたよーん。今からみんなで食べ……ん？」

なんと居間の障子が勢いよく開き、満面の笑みを浮かべた鞍馬が入ってきた。

しかし、凛を抱き寄せて濃厚な口づけをしている伊吹を目撃してしまった彼は、表情を一変させる。

「……おい。真っ昼間からなにしてんだ、伊吹」

恨めしそうに伊吹を睨《にら》み、低い声で言う鞍馬。一瞬ばつが悪そうに笑って凛への抱擁をやめた後、伊吹は真顔になってこう告げた。

「なんか文句あるのか」

「あるわ！　ひとりもんの俺に対する当てつけかよっ」

鞍馬は伊吹に詰め寄る。

凛は苦笑いを浮かべることしかできないが、相変わらず伊吹はクールな顔を崩さなかった。

「知るかそんなこと。妻となにをしていようが俺の勝手だろう」

「うっせー！　俺をこれ以上惨めにさすなっ。くっそうらやましいんじゃー！」

さぞ悔しそうに鞍馬が叫ぶ。

「鞍馬だって彼女ができれば、所構わずいちゃつくんじゃないか」

「当たり前じゃん！　四六時中くっつくわ！」

「……お前、そういうのが重くてフラれるんだよ」

「なんだと!?　きー！　爆発しろっ」

半眼で見据えながら痛いところをついてくる伊吹に、鞍馬は人間界でも使い古された文句で応戦する。

激しく言い争う腹違いの兄弟だが、凛にとってはもはやいつもの光景だった。ふたりは〝ケンカするほど仲がいい〟を地で行く間柄なのである。

たぶん少し放っておけばすぐに収まるはずだと、ふたりの口ゲンカに慣れ切った凛は傍観していた。

しかし伊吹の言うように、いつも女性とうまくいかないらしい鞍馬のことは気にかかる。

天狗の母親と鬼の父親から生まれた鞍馬は、凛と同い年の二十歳。少年を思わせるかわいらしさを残したアイドルのような面立ちで、金色の髪をなびかせ、髪と同色のやや垂れた大きな瞳はいつも好奇心旺盛そうに光っている。

母性本能をくすぐる無邪気さがあり、麗しく大人の色気を醸し出す伊吹とはまた違った魅力がある。

普通に女性が放っておかないタイプなはずだが、思い込んだら突っ走る性分のある鞍馬は、彼が好む奥ゆかしい性格の女性からはどうやら敬遠されてしまうらしい。

逆に、鞍馬が苦手とする強気で我が道を行く気質の女性からは好かれるらしく、どうもうまくいかないことが多いようだ。

需要と供給が一致しないためか、鞍馬が女性といい雰囲気になってもいつの間にか音信不通になってしまうんだとか。

まあ、彼は『できれば人間の女子がいい。ってか、凛ちゃんみたいな夜血の乙女だったら最高』とストライクゾーンが極端に狭いので、それも彼の恋愛が成就しない一因となっているのだろう。

「鞍馬くん、優しいしかっこいいのになぁ」

言い合い中のふたりの傍らで、凛が小さな声で独りごちる。しかしその声が届いていたらしく、伊吹と鞍馬はハッとしたような面持ちをして凛に視線を合わせた。

「でしょでしょ!? やっぱり凛ちゃんはわかってるぅ! 俺、優しいしかっこいいよねっ？」

まずは鞍馬が凛に詰め寄ってきた。その勢いのよさにたじたじになりながらも、凛は頷いた。

「う、うん。そう思うよ」

「さっすが凛ちゃん！　優しいしかっこいい俺はその気になれば彼女なんてすぐにできちゃうよねっ」

目と鼻の先まで顔を近づけて再度同意を求めてくる鞍馬だったが、さすがにそんなことまでは保証できない。

「ええっと……」

凛が返答を渋っていると。

「おい鞍馬。どさくさに紛れて凛に近寄りすぎだ」

鞍馬の頭をむんずと掴《つか》んで凛から引き離した伊吹は、冷淡な声で言う。やけにむきになっている様子だが、ひょっとしたら嫉妬しているのだろうか。

そして鞍馬を睨みつけながらこう続けた。

「優しい凛はお前を慰めているだけだ。まったく、すぐ調子に乗るんだから」

「あ、いえ。私は本当に鞍馬くんを――」

「は⁉ 調子に乗ってるのはどっちなんだよ⁉」

本心から鞍馬が優しくてかっこいいと思っていると伝えようとした凛だったが、小さな声だったためか、言葉の途中で鞍馬に遮られてしまう。

「ふっ。凛みたいなかわいい妻がいるのだから、当然調子に乗っているが？」

「はー⁉ 開き直りやがった！ そのドヤ顔腹立つー！」

また兄弟ゲンカをふたりが再開してしまい、凛は小さく嘆息する。

「俺だって、そのうち凛ちゃんみたいなかわいい人間の女の子と結婚するもんね！ 今に見てろよっ」

と、涙目になる鞍馬。その必死そうな表情は、伊吹との舌戦によってなかなかのダメージを受けているように見えた。

なんだかだんだんかわいそうになってくる。

「く、鞍馬くん。そういえばお土産にカステラを買ってきたって言っていなかった？　わ、私ぜひいただきたいな」

話を逸らそうと凛が声をかけると。

「鞍馬も帰ってきたみたいだから、お茶を煎れたよ」

湯呑《ゆのみ》と急須をのせたお盆を持った国茂が、ちょうど居間に入ってきた。

黒白のハチワレ柄のかわいらしい猫が作務衣を着て給仕してくれる光景は、何度見ても愛らしい。

「あ、ありがとう国茂！　さ、四人でお茶とお菓子をいただきましょう」

これ以上の口ゲンカを防ぎたくて、凛は普段より声を張って言う。

鞍馬はハッとしたような顔をして「あ、そうだった！　カステラカステラっと」と、カステラの包みをちゃぶ台の上に置く。

「人気の店でいつも行列ができてて、すぐに売り切れちゃうんだけどさ。今日はたまたま買えたんだよ～」

「そうなのか。ありがとう、鞍馬」

先ほどの険悪な雰囲気は一変し、笑顔で包装紙を開ける鞍馬と、礼を述べる伊吹。

いつものように収まった兄弟ゲンカに、凛はホッとした。

早速皆で食べてみたら、人気店のカステラだというだけあって、確かに驚くほど美味だった。上品かつ濃厚な甘さがあり、生地はとても柔らかく、あまり噛《か》まなくても口の中で溶けていく。

国茂が煎れてくれたばかりのほうじ茶の優しくほろ苦い味わいが、カステラの甘味とも絶妙に合っていた。

「おいしい！　鞍馬くん、ありがとう」

「本当だ、うまいな」

「僕これ何個でもいける～」

「そう？　へへ、よかった～」

絶賛する三人に、鞍馬は嬉しそうに微笑む。

穏やかで幸せな、伊吹の屋敷でのひととき。

人間界では誰からも必要とされずに虐げられていた凛にとっては、信じられないほどの幸福な時間だった。

こんな朗らかな時間がいつまでも続けばいいのに。

しかし御朱印をもっと集めなければ、この願いが近い将来叶《かな》わなくなってしまうかもしれない。

――伊吹さんと幸せに過ごすためには、頑張るしかないんだわ。

カステラとお茶を味わいながら決心していると。

「あ、そういえば。鞍馬が勧めてくれたドラマだが、とてもおもしろかったぞ」

ついさっき最終回を視聴したドラマについて、伊吹が鞍馬に感想を述べる。

「うん！　私もとてもおもしろかったよ。最後がハッピーエンドでよかった～。鞍馬くん、お勧めしてくれてありがとう」

伊吹と楽しい時間を共有できたのも鞍馬のおかげだ。凛は心からの礼を言う。

すると、鞍馬は得意げに鼻を膨らませた。

「でしょでしょ⁉　人間界のドラマは好きでよく見るんだけど、あれは本当に傑作だったからぜひ見てほしかったんだ！　まさか伊吹もハマるとはね～」

「いや、本当にすばらしい話だったぞ。息をつかせぬ展開に終始ハラハラしっぱなしだった。後味もとてもよかったしな」

「でしょでしょ！　すごく人気だから、続編を作るらしいよ。主人公とヒロインの間に生まれた子供が今度は主人公になるんだって噂だけど」

「あのふたりの子供の話か……。それはまた、おもしろそうだな」

鞍馬の話に、伊吹は感慨深そうに答える。その言い方に、凛は先ほど抱いた不安を思い出してしまった。

伊吹がその手に我が子を抱くのが、遠い未来になってしまうかもしれない。人間の自分が嫁になったせいで。

焦ったって仕方のないことではあると、頭ではわかっている。しかし、一刻も早く御朱印を集めないと……と、どうしても凛の気持ちははやってしまうのだった。


その夜。伊吹はひとり、檜風呂《ひのきぶろ》に浸かっていた。

檜の爽やかな香りが漂う広々とした浴室でゆったりと過ごすのが、伊吹は昔から好きだった。

一日の疲労が溜《た》まった体を、温かみを感じられる木材の浴槽の中でのんびりと休ませると、肉体のみならず精神まで癒やされていく。伊吹にとっては至高の幸せだと言っても過言ではない。

そしてこの入浴時間は、リラックスした伊吹が一日の中でもっとも思考を巡らせる時だ。

伊吹の友人であり、蛟《みずち》というあやかしの瓢《ひさご》が経営している温泉旅館で凛が短期アルバイトをしてから数週間経ち、卯月《うづき》となった。

あの期間の前後は、年度末ということもあって鬼の若殿としての仕事で伊吹も立て込んでいた。

しかし今ではそれも落ち着き、凛と共に屋敷で穏やかな日々を送っている。

もともと、『手持ち無沙汰だからどこかで働きたい』という凛の申し出で始まった旅館でのアルバイト。それはもう終わってしまったが、最近の凛は伊吹の従姉《いとこ》である紅葉《もみじ》が開いている甘味処によく足を運んでいる。

というのも、その甘味処で少し前に発売された初夏向けの新メニューが想定以上に人気を博してしまい、店の前には毎日長蛇の列ができているらしい。

凛は人手が足りず嬉しい悲鳴を上げている紅葉をサポートしていたのだ。

生来、働き者の凛にとって紅葉の店での仕事は楽しいらしく、充実した日々を送れているようでよかった。

ただ、こんなふうにずっと安穏と過ごし続けるわけにもいかない。

人間である凛と平和に添い遂げるためには、御朱印集めは必要不可欠。そろそろ次の御朱印を誰かから賜れないか算段しなくてはならない。

しかし、御朱印持ちのあやかしは、性格が偏屈だったり、御朱印のために厳しい試練を課してくる者だったりで、なかなか一筋縄ではいかなそうだった。

愛する凛を危険にさらしたくない一心で平和に交渉できる相手を探していたが、まったく思い当たらなかった。

――いったいどうしたものか。できるだけ早く御朱印を集めたいのだがな。

湯に全身を浸からせながら、伊吹は深く嘆息する。

もともと伊吹は凛の正体は隠し続けてあやかし界で暮らせばよいと思っていたので、危険を伴う御朱印集めは特に必要ないのでは、という腹づもりだった。

しかし凛が『私が人間だと発覚したら、伊吹さんに迷惑をかけてしまうから』と御朱印集めを強く熱望したため、共にその道を歩むことにした。

それでも、あまりに危険だったら途中で収集を諦めてもいいと当初は踏んでいたが。

凛と幸せな家庭を築くためには、御朱印はやはり必要だった。

もし自分たちの間に子供ができたら。

そんなことは遠い未来の話だと自然と考えていたようで、伊吹は当初自分たちが子供をもうけた場合について、思案するのをつい失念していたのだ。

あやかしと人間との間に生まれた子供は、当然あやかしと人間の血が半々ずつ混ざった個体であるため、俗に言う〝半妖《はんよう》〟という種族になる。

しかしいまだにそのケースが少ないためか、半妖は正式な種族名として公的機関では認められていなかった。

半妖の子は、あやかしか人間か、そのどちらかを出生時に判断されるのだ。それも、役人によって適当に。

伊吹は、愛する子の種族が人間だろうとあやかしだろうと別に構わない。きっと凛だってそうに違いない。

しかし世間のあやかしたちの大半、特に年配の者たちにとって、種族がなんであるかはその者の価値を決めるためのもっとも重要な事柄と言っても過言ではない。

もしあやかし界で人間だと判断されたら、子は大変生きづらくなってしまうことは目に見えている。

実際には体は半妖だから、人肉を好む種であるあやかしに血肉を狙われる恐れはないが、人間というレッテルを貼られただけで、差別や侮蔑をする浅ましい輩はまだたくさん存在するのだ。

そして、半妖の子があやかしなのか人間なのかの判断基準は、大変客観性に欠けるものだった。

数少ない半妖の子の種族判断例を伊吹が調べてみたら、『顔が人間親の方に似ているから人間』だとか、『あやかし親の妖力が低いから人間』だとか、目を疑うような理由ばかり。役人がその時の気分次第で裁定しているのではないかとすら思えた。

さらに、いまだに人間を下等生物だと決めつけている頭の固い役人が多く、人間親がただの人間だと、半妖の子はほぼ確実に人間だと判断されるらしい。

しかし御朱印をいくつも持つ人間親の場合は話が変わってくる。

あやかしに認められた高尚な人間だと役人が考えるからか、その子はあやかしだと判断されるケースが多いことが、伊吹の独自調査の結果、判明した。

さっき凛と共に視聴した恋愛ドラマで、子供の話が出てきた時。

自分と凛との間にできる子供について想像した伊吹は、つい熱のこもった接吻をしてしまった。

――もし鞍馬が乱入してこなければ、俺の抑制が効かなかったかもな。

思い返して、伊吹は苦笑を浮かべる。

しかしまだ、自分たちは子を成す段階ではない。半妖の子の事情から、人間の凛があやかし界で子を産むとしたら、御朱印が揃《そろ》ってからでないと不都合が多すぎるのだ。

凛にはまだ、半妖に関するあやかし界の事情については話していない。

少し前は口づけすらためらっていた彼女に、今無理に話す内容ではないだろう。

それに、話を聞いたら凛がさらなるプレッシャーを感じそうな気がしたというのも、理由のひとつだった。

風呂から上がると、「あ、ちょうど今瓢から電話が来ているよ」と、国茂に声をかけられた。

「もしもし。伊吹だ」

『おー伊吹！　ちょい久しぶりやなー。元気か？』

電話口から明るい声が聞こえてくる。

商売人だからか、瓢は常に人当たりのよさそうな話し方をする。

水を司るあやかしの蛟である瓢は、『白銀温泉郷《はくぎんおんせんきょう》』という山奥の観光地で両親から引き継いだ温泉旅館を経営している。

伊吹とは幼い頃からの友人で、心から信頼できるあやかしだった。

凛が瓢の元に働きに行った時にはいろいろ手助けをしてくれた。また、『流麗《りゅうれい》』の称号を持つ彼は凛の御朱印帳に押印しており、凛とは同胞の誓いを結んでいる。

「ああ。うちは皆元気だ。瓢はどうだ？」

『おかげさまで旅館は賑《にぎ》おうてんで。ほら、伊吹らが来た時に水龍が現れたやろ？　だから水龍のご加護がいつも以上にもらえるパワースポットですって宣伝したら、口コミで広がってな～』

温泉郷で過ごした日々を思い出す。

あの時はいつもはおとなしくしているはずの水龍があるきっかけから暴れ回って大変だったが、凛と力を合わせてなんとか鎮められた。

しかしそんなハプニングを利益に変えてしまうとは。さすが若くして旅館の旦那をやっているだけある。

「はは、相変わらず商魂たくましいな。……それで、電話の用件は？」

『あー、その話なんやけどな』

伊吹が尋ねると、瓢の声のトーンが低くなった。真剣な話のようだと察して身構える。

『最近、人間界で行方不明事件が多いって話は伊吹も知ってるよな？』

「ああ。ニュースで何度か拝見したが」

鬼の若殿という立場上、新聞や報道番組にはひと通り目を通している。

しかしあやかし界ではあまり人間界の情勢は報じられないため、最新の情報を知っているかと言われれば、そうでもない。

人間界の情報サイトを毎日のように眺めている鞍馬の方が詳しい場合があるので、彼の話から初めて知る件も多かった。

だが、瓢の言っていた行方不明事件については、あやかし界の情報番組でも何度か報じられていた。

物騒だなと気に留めている程度だったが、あやかし界でも報道されるということは人間界では大変な騒ぎになっているのだろう。

『その件でな……。うちに泊まっとった情報通の客に聞いたんやけど』

「ほう……。公には報道されていない情報か」

『そうなんや。そいつが言うには、人間界とあやかし界をつなぐ鬼門《きもん》の警備がちゃんと機能してへんって話なんや』

「鬼門が……？」

想像していなかった瓢の言葉に、伊吹は思わず声を漏らした。

通常、あやかしがあやかし界と人間界を行き来する場合、鬼門という場所をくぐり抜ける必要があった。

鬼門を通るためには、門番による厳格な審査を受けなければならない。

その際、人間を食らう種族であるあやかしは、人間界の平和のためにほぼすべての者が門前払いされる。

人間を食らわない種族であるあやかしも、身分証を提示した上で犯罪歴などを事細かく調べられ、人間にとって害のないあやかしだと判断されてやっと鬼門をくぐり抜けられるのだった。

しかし、そんな鬼門の警備の機能がおろそかになっているとすると。

「もしや、誘拐事件は……」

『ああ。あやかしが鬼門を自由に出入りして、人間をかどわかしてるんちゃうかって噂や。もともと門番に賄賂を渡して出入りする輩はいたようだけど、最近はあまりにも誘拐の件数が多すぎるんや』

伊吹の想像した通りの内容を、瓢が口にする。そして彼は声を潜めて続けた。

『まあ、まだ噂の範囲やけどな。そやけどお前んとこはお凛ちゃんもおるし、一応伝えたまでや』

瓢は、凛が人間だと知っている数少ないあやかしのひとりだ。もちろん周囲に漏らすつもりはなく御朱印集めも応援してくれている。

「……そうか。気にかけておく。ありがとう、瓢」

その後、少しだけ世間話をして伊吹は瓢との電話を終えた。

──鬼門が機能していないかもしれない、か。

鬼の若殿は、力の強い鬼たちを束ね、あやかし界の平穏を守る立場だ。表向きでは人間とあやかしが対等とされるこの時代で、あやかしが人間をさらうことなど、自分の目が黒いうちは見過ごすわけにはいかない。

──もし瓢の話が本当だとしたら。鬼の若殿としてそれは阻止せねばなるまい。

しかしまだ、瓢の言う通り噂レベルの話だ。本格的な調査に乗り出す前に、もう少し情報を集めなくては……と伊吹は考えたのだった。


あくる日のこと。伊吹の屋敷には鞍馬の友人で火照《ほでり》という、若い男性のあやかしが遊びに来ていた。

「なー鞍馬！『楓坂《かえでざか》』の新曲聴いたか⁉」

「聴いた聴いた！PVも見たよっ。センターの里奈《りな》ちゃんめっちゃかわいいよな！ほら、これこれっ」

ふたりは居間の真ん中に置かれた茶の間の上にノートパソコンを広げ、人間のアイドルの動画を楽しそうに視聴している。

その様子を凛は傍らで微笑ましい気持ちで眺めていた。

伊吹は少し離れた場所で読書に没頭しているが、ふたりが騒いでいても不快ではなさそうだ。

また、ちょうど休憩時間の国茂は、お茶をすすりながらテレビを見ていた。

火照は以前からたまにこうして鞍馬に会いにやってきていたので、凛とも周知の仲だった。彼は鞍馬と同じように人間界の文化が大好きで、いつもこうして人間界の芸能人や流行のファッションについて意気揚々と語っている。

灰色の髪をマッシュウルフにし、耳に何個もピアス穴を開けた火照は、常に流行の最先端らしい奇抜な格好をしている。一見近寄りがたい印象を受けるが、とても人当たりがよく、凛にも気さくに話しかけてくれる気のいいあやかしだった。

――人間界にいた頃は、あまりそういうのに興味を持つ暇はなかったけれど。確かに人間のアイドルはかわいいし、人間界で流行りの服装もおしゃれだよね。

鞍馬がよく話題にしてくるので、最近では凛も人間界の流行を少しだけ知っている。

『これ、凛ちゃんに似合いそう！』と、最新のファッションの画像を見せてくる鞍馬と話すのは純粋に楽しかった。

「ほら、凛ちゃんも見てみて！　いい曲だし衣装もかわいいんだよ〜」

鞍馬がパソコンの画面を見るように促してきたので、彼の隣に移動する。画面を見ると、制服のような短いスカートをはいて歌って踊るアイドルたちは、確かにキュートだった。

「あ、本当。すごくかわいいね」

「でしょー？　さすが凛さん、わかってるっすね！　ってか、凛さんこの衣装似合いそうだな〜」

火照がしみじみと言う。

凛は、自分がその衣装を着ている姿をつい想像してしまう。

「う、うーん……。こんな短いスカートは、ちょっと恥ずかしいかも……」

正直に感想を述べると。

「え！　俺も絶対似合うと思うっ。ってか、恥ずかしいって!?　恥ずかしがってくれるのがまたいいんですっ！」

「えっ……」

想像していなかった鞍馬の言葉に凛は戸惑う。恥ずかしがっているのがいいという主張は、まったく理解できない。

「……なに？　どれだ」

いつの間にか凛の背後に立っていた伊吹が会話に入ってくる。読書をしていたはずなのに、ちゃんと皆の話は聞いていたらしい。

伊吹はしばしの間無言で画面を見た後、考え込んでいた。

──い、伊吹さんは大人の男性だから。やっぱり短いスカートははしたないって感じたかな。

すると伊吹は凛に視線を合わせて、口を開いた。

「凛。俺もとてもかわいいと思う」

「えっ？　そ、そうなのですか……？」

意外な伊吹の感想に、困惑する。

伊吹はそんな凛を見つめたまま、こう続けた。

「だが、確かにスカートは短いな。他の男に凛の脚を見せるなんて言語道断。というわけで、はくなら俺の前だけにしてくれないか」

とても真剣な顔と声だった。しかし、言葉の内容がまったくその様子にはそぐわない。

「い、いえ。伊吹さんの前でもとても恥ずかしいので、そもそもこんなスカートははきませんけど……」

想像しただけで赤面しそうだった。

とてもじゃないが、見ているのが伊吹だけだったとしてもこのアイドルの衣装をまとうのは無理だ。むしろ伊吹に見られるのが一番恥ずかしい。するると、伊吹はとても残念そうな顔をした。

「そうか……。すまない」

「い、いえ」

「まあ、凛はこんな衣装を着なくてもかわいいよ」

「あ、ありがとうございます……？」

変な会話を繰り広げるふたりを、火照は呆《あき》れた顔で見ている。

「鞍馬。このふたり、真剣になに話してんの？」

「あー、あんまり気にしないで。ただいちゃついてるだけだから」

鞍馬が苦笑いをして答えた時……。

『最近、人間界で多発している行方不明事件ですが、今週も何人かの行方がわからなくなっているとのことです』

国茂が見ていたあやかし界のテレビ局の報道番組から、アナウンサーのそんな声が聞こえてきた。

この件については何度かニュース番組で流れていたのを見たので、凛もすでに知っている。

そのたびに誘拐された人たちが皆、早く無事に見つかるといいな……とは思っていたが、すでに凛の生活拠点はあやかし界だったので、あまり深く考えてはいなかった。

「あー。この事件かあ。あやかし界ではあまり報道されてないけど、人間界では大事になってるんすよね」

人間界の事情に詳しい火照が、眉をひそめて言う。

確かに、あやかし界ですらニュースに取り上げられているのだから、人間界ではもっと詳細な報道がされているのだろうと容易に想像ができた。

「そうなんだね……。何人も行方不明になっているという話だもんね」

「そうなんすよ、凛さん。俺も動画サイトにアップされた人間界のニュースを見たんすけど、めっちゃ騒ぎになってるみたいっす」

「えっ、人間界のニュースが動画サイトにアップされているの？　あやかし界でも見られるってこと？」

あまりいい思い出はないとはいえ、人間だけにやはり人間界の事情は気にかかる。

凛がそう尋ねると、火照は頷いた。

「見られるっすよ。あ、凛さん興味あります？」

「えっ……。う、うん」

少し迷ったが、凛は肯定した。

自分の正体が人間である件については火照には隠している。

あまり人間界に興味がある素振りを見せたくなかったが、どうしても気になった。

「さすが鬼の若殿の嫁さんっすね！　人間界にも気を配るなんて」

火照がまったく疑う様子もなく動画を検索し始めたので、凜は内心ホッとする。

すると、「これっす」と彼はすぐに人間界のニュース動画をノートパソコンの画面に映した。

伊吹も気になったのか、真剣な面持ちで画面を注視している。

『連日、若い女性ばかりが行方不明になっております。前日まで職場や学校に通っている方ばかりで、家出の可能性は低いとのことです』

画面の中では、人間の女性アナウンサーが深刻な表情で誘拐事件の詳細について伝えている。

――誘拐されたのって、若い女の子ばかりなんだ。

あやかし界で流れていたニュースでは、誘拐された人間の素性についてはまったく報じられていなかった。

一瞬見ただけで知らなかった情報が出てきたので、凜は今まで以上に食い入るように画面を見つめる。

その後も、行方不明になった人の足取りや詳しい特徴、推定される犯人像について次々と流されていた。

しかし、まだ行方不明者の中で発見された者はおらず、事件解決の糸口は見つかっていないようだった。

――本当に大変な事態になっているみたい……。

物々しい様子で詳細が説明されていくニュース番組を見ながら、凛がそんなふうに思っていると。

『警察は先日行方不明になった方の公開捜査に踏み切ることにしました。番組でも、お名前や身体的特徴、行方不明当日の足取りなど、詳しくご紹介いたします。――ひとり目は、柊《ひいらぎ》蘭《らん》さん』

聞いた瞬間、凛は戦慄した。

あまりにも聞き覚えのありすぎる響きだった。姓は人間界で凛が名乗っていたものと同じ『柊』。そして、凛と同じく一字だけの名前。

その姓名は、凛の実妹の蘭と一字一句同じだったのだ。

聞き間違いではないかとか、同姓同名の他人ではないかとか、可能性の低い希望を抱き、どうか妹ではありませんようにと懇願する凛。

しかし、名を読み上げられた後テレビ画面に映し出されたのは間違いなく妹の蘭の顔写真だった。

……目元も口元も、自分とよく似ている。

動悸《どうき》がして、凛は胸を押さえる。

自分を人間だと知らない火照もいるのだから、激しく動揺しているのを悟られてはならないと、震える唇を噛みしめた。すると。

「……凛。ちょっとこっちにおいで」

いつの間にか居間の障子を開けて廊下に移動していた伊吹が凛に手招きをしながら声をかけた。

火照の前で平静を装わなければならないのがつらかった凛は、逃げるように伊吹の方へと駆け寄る。

凛が廊下に出ると、伊吹はすぐに障子を閉めた。

居間からは「こんなにかわいい人間の女の子を誘拐するなんて……！」とか、「許せねー！　なんて不届き者だ！」といった、鞍馬と火照の憤慨した声が聞こえてきた。

ふたりとも、凛の様子にはまったく気づいていなかったようだ。

「伊吹さん、あ、あの……」

妹の件について説明しようと凛は口を開くが、言葉がうまく出てこない。すると伊吹は、ゆっくりと深く頷いた。

「わかっている。さっき画面に映し出されていたのは、君の妹だな」

「えっ……！　伊吹さん、蘭を覚えていらっしゃったのですか？」

夜血の乙女の自分を鬼の花嫁として伊吹が迎えに来た場には、蘭や両親も帯同していた。そのため一応伊吹は蘭と顔を合わせたことがある。

ただ、伊吹はすぐに自分をあやかし界に連れていってしまったため、蘭の顔なんて覚えていないだろうと決め込んでいた。

「正直、うろ覚えだったが……。テレビの写真が凛に似ていたのと、凛の反応を見てわかったよ。それに凛の苗字は『柊』だったなと」

あやかしには苗字を持つ習慣がないため、伊吹の嫁になった時点で凛は姓を捨てていた。

しかし伊吹は、愛する妻に関することをしっかりと記憶していたのだ。

「そうだったのですね。ええ、伊吹さんのおっしゃる通り、行方不明になっているあの子は、私の実の妹です……」

消え入るような声で凛は言う。

今頃蘭はどうしているのだろう。危険な目に遭ってはいないか。……命は落としていないのか。

悪い想像ばかりが凛の頭を駆け巡る。

すると伊吹は、なぜか渋い顔をしてこう尋ねた。

「助けたいのか、妹を」

「え……」

「もしかしたらもう無事ではないかもしれないし、彼女を助けるためには凛が危ない目に遭う可能性だって少なくない。妹は、両親と共に君につらく当たっていたようだな？　それも、生まれてからずっと。そんな妹でも君は助けたいのか？　危険を冒す必要が出てきたとしても」

伊吹にそう問われ、凛は蘭と過ごした日々を思い出す。

確かに伊吹の言う通りだった。

凛が夜血の乙女と発覚するまで、『あやかしに取り憑《つ》かれた、不吉な赤い目を持っている子』と罵る両親と共に、蘭は凛を虐げていた。

身の回りの世話は当然のようにやらされたし、少しでも気に入らないことがあると理不尽な八つ当たりをしてくるのも日常茶飯事だった。

伊吹の問いに、凛は回答を一瞬逡巡《しゅんじゅん》した。蘭に対しては、自分でも度し難い複雑な感情を抱いていたから。

――だけどやっぱり、伊吹さんにはわかってほしい。

「両親に対しては正直関心がないですし、もう家族とも思っていません。ですが、蘭……妹を、私は心から憎めないのです」

恐る恐る言葉を紡ぐと、伊吹は柔和な面持ちで凛を覗《のぞ》き込むように見つめてくる。恐れずなんでも話してごらんといった彼の気遣いを感じられた。

「……どうしてだい？」

「蘭は生まれた時から、あの両親に育てられました。私を『気味が悪い』『あやかしが憑いている子』と罵る両親に。いわば蘭は、両親に洗脳されていたと言っても過言ではありません。物心つく前から私が粗末に扱われる光景を見ていたのです。蘭は私に対して正常な判断ができない状態だったのだと思うんです」

そんなふうに凛が考えられるようになったのも、つい最近だった。人間界にいた頃は毎日生きるのに必死で、蘭の心情など慮る暇などなかった。

しかし伊吹に愛され、鞍馬や紅葉といった優しいあやかしたちと触れ合っているうちに、あの頃の自分を取り巻く環境を一歩引いた目で思い返せるようになったのだ。

実際に学校や外出先で見かける蘭は、友達と仲睦まじそうに話していたし、幼児や小動物にも優しく接していた。

きっとあれが本来の蘭の姿なのではないか。

彼女が両親の影響をまったく受けなかったとしたら、自分たちはもっと違う姉妹になれたのではないか。

最近の凛は、そう考えるようになっていた。

伊吹は凛の話を黙って聞いた後、真剣な面持ちになって口を開いた。

「凛に隠し事はしたくないから、正直に言おう。長い間凛を虐げていた妹君が、俺はとても憎い」

「……はい」

伊吹のその言葉は意外でもなんでもなかった。むしろ、自分を大切に思ってくれているがゆえだと心から承知している。

この件に首を突っ込むのは危険だ、妹のことなんて忘れろ。

伊吹にそう告げられるのを凛は覚悟したが。

「しかし凛が妹を助けたいと望むのなら、俺は全力で手を貸そう。彼女は血のつながった、君の家族なのだからな」

伊吹は頬を緩ませ、優しい声でそう続けた。

「本当ですか⁉」

妹のことを諦める覚悟すらしていた凛は、伊吹の言葉がにわかには信じられない。

すると伊吹は笑みを深くした。

「もちろんだ。凛の望みならば、俺はなんでも叶《かな》えたい」

「伊吹さん、ありがとうございます……！」

嬉しさが込み上げてくる。自分の複雑な感情を伊吹が理解してくれたことが、心から喜ばしかった。

「実はな。つい昨日、瓢から人間界とあやかし界をつなぐ鬼門の警備が緩くなっているらしいという噂を聞いたんだ」

「えっ……。そうなのですか？　では、もしかして今回の誘拐事件にはあやかしが絡んでいる可能性が……？」

察した凛が尋ねると、伊吹は頷く。

「まだ決まったわけではないが、そうかもしれない。もう少し情報を集めてから調査を開始しようと思っていた。しかし凛の妹が被害に遭っているとなると、早く行動した方がよさそうだな」

「そうしていただけると嬉しいです」

「うむ。そして瓢の話を聞いた後に自分でもいろいろ考えてみたのだが、この件にはひょっとすると最近のあやかし界の複雑な事情が絡んでいる可能性がある」

伊吹は眉間に皺《しわ》を寄せて、堅い面持ちになった。

「複雑な事情、ですか？」

「ああ。百年前にあやかしと人間の間に結ばれた『異種共存宣言』については、凛も知っていると思うが……」

「はい。人間とあやかしは平等であり、あやかしが人間を食らうこと、人間から財産を搾取することを禁じる条約ですね」

あやかし界でも人間界でも、幼児の頃に教えられる常識だ。

この条約が締結される以前は、あやかしが気まぐれに人間を食らい、金品を自由に強奪していた。

言わば人間はあやかしの奴隷のような状態だった。

しかし百年前のあやかしの頭領であった鬼の酒呑《しゅてん》童子が、人間と有効な関係を結ぶことを決断し、『異種共存宣言』を人間側と結んだのだ。

そしてその偉大な酒呑童子という鬼は、伊吹の実の祖父である。

「宣言のおかげで、この百年間あやかしはとても穏やかになった。まあ、中には人間を下等なものだと信じている者も多いが……。俺はまったくそう思わないし、鞍馬や火照のように、人間の技術や感性なんかをむしろ自分たちよりも優れていると崇める者だって出てきている」

それは凛も肌で感じていた。特にさまざまなあやかしが通りを闊歩する繁華街に出た時になんて、顕著に表れている。

若いあやかしが人間界で流行っているファッションを身にまとっていて、年配のあやかしはそれを侮蔑するように見ている光景を、凛は何度も目にしていた。

そして最近凛も知ったのだが、昔は人肉を食らう種だったあやかしですら、その欲求が失われた個体も現れているらしい。

　百年も人間を食らっていなかったことで、そのようにあやかしの体が進化していっているのかもしれないという話だった。

「だがな。最近、『異種共存宣言』に反発するあやかしが陰で徒党を組んでいるという噂がある」

「反発するあやかし……？」

　意外な言葉に凛が聞き返すと、伊吹は神妙な面持ちで頷く。

「ああ。昔の好き勝手に人間を蹂躙《じゅうりん》していた頃が、本来のあやかしの姿だという意見の者たちの集まりだよ。そいつらは古来の獰猛《どうもう》なあやかしに戻ろうという思想を持っているため、『古来種《こらいしゅ》』という俗称がついている」

「古来種……」

　初めて聞く単語だったので、凛は思わず呟く。

　獰猛なあやかしと言われ、人間を食らっている姿を想像し、生唾を飲み込んだ。

「そうだ。妖力の強いあやかしの中にも古来種寄りの考えがある者もいるのだとか。御朱印持ちのあやかしや、人間界で言う警察にあたる奉行所のあやかしの中にもな」

「えっ……！」

　平和そうに見える最近のあやかし界と人間界の裏側でそんな状況になっていたこと

を今初めて知り、身震いする。

「奉行所がきちんと機能していれば、鬼門の警備が緩くなるはずなどないのだ。……おそらく古来種寄りの岡っ引きが、なんらかの事情でそれを黙認しているのではないかと俺は考えている」

「なるほど……」

古来種は人間を下等生物だと考えている。

鬼門の警備を緩くし、あやかしが人間たちをかどわかしていたとしても『以前の正しい姿に戻っただけ』という思考なのだろう。

「もしそうだとしたら、俺は鬼の若殿としてそれを正さねばならない。あやかしが人間に迷惑をかけていいはずはないのだ。……凛の妹の件がなかったとしてもな。もちろん、愛する妻の身内を救うのが最優先だが」

「ありがとうございます……！」

伊吹の力強い言葉に感極まって、凛は改めて礼を言う。

伊吹は愛おしそうに目を細めて凛の頭を優しく撫でた後、再び真剣な表情になって口を開いた。

「たぶん、凛の妹はまだ生きているはずだ。人間の若い女性はあやかしにとって貴重だからな。好事家《こうずか》に売られているか、いかがわしいところで働かされているか……。

どちらにしろ食べられている可能性は低いだろう」

「そうなのですね……！」

ひょっとしたらもうあやかしに食われているのではないかと想像していた凛は、心から安堵《あんど》した。

確かに、食べたらそこで人間の女は消滅してしまう。その存在が貴重であるならば、できるだけ生かしておくに違いない。

「まあ、それでも危険な目に遭っているには違いないし、安心しろというのはおかしいのかもしれない。しかし今ならたぶん、救出は可能だろう。今日からふたりで全力でこの件に取り組もう」

「はい……！」

凛は深く頷いた。『最強』の称号を持つ鬼の若殿であり、いつも自分を心から愛してくれる伊吹が、妹を救うために一緒に立ち向かってくれる。

凛にとって、こんなに心強い味方はいなかった。

第二章　狛犬の姉弟

蘭が行方不明になっていると知ってから、今まで以上に人間界での日々を凛は思い起こすようになった。

特に、両親が不在で蘭とふたりきりになった時の記憶を。

＊

その日も両親がふたりで出かけてしまい、小学生の凛と一歳年下の蘭は留守番をさせられていた。

『もう！　まったくとろいんだからっ。早くご飯準備してよね！』

いつも通り雑用はすべて凛に押しつけ、少しでも気に入らないことがあると恫喝《どうかつ》してくる蘭。両親がいる時となんら変わらない姿だ。

『は、はい……』

自分は呪われた子だ、自分がいるせいで家族に迷惑をかけていると思い込んでいた凛は、ただ蘭の言葉に従うしかない。

しかし、食後に凛がキッチンでその後片付けをしていると、なにかを持った蘭がおもむろに近寄ってきた。

『私、このお菓子食べ飽きちゃったんだよね。捨てるのももったいないし、お姉ちゃんが食べていいよ』

蘭はそう言って、キッチンの上にお菓子の包みを置いたのだ。

いつもの彼女ならば言葉の中におびただしい数の棘《とげ》が内包されているというのに、いっさい意地悪さは感じられなかった。まるでなんの確執もない、普通の姉妹の会話のようだった。

『え……。あ、ありがとう』

突然の蘭の行動に驚きながらも、凛は礼を言う。

蘭はなにも答えずにそっぽを向き、キッチンを去った。

お菓子なんて普段は触ることすら許されていない凛は、皿を洗い終わった後ありがたくそれをいただいた。

チョコレートのお菓子だった。濃厚な甘さが感じられて、凛にとっては飛び上がるくらいにおいしかった。

――こんなにおいしいのに、飽きるのかな。

蘭の行動を不思議に思う凛。

しかし自分とは違ってお菓子なんて食べ慣れている蘭だから、そういうこともあるのかもしれないと無理に納得する。

その後、蘭がリビングのテレビでゲームに興じている横で、凛はフローリングの拭き掃除をする。少しでも汚れが残っていると両親に怒鳴られるので、念入りにやらなければならなかった。すると。

『ねえお姉ちゃん。まだ掃除終わんないの？』

ゲームをしながら蘭が話しかけてきた。

『えっ……。そ、そうだね。まだ時間がかかりそうかな』

『えー！　もうさっきからずっとやってんじゃん！　もういいよ、掃除なんてその辺で適当に終わらせちゃえば。それより、このゲームひとりじゃクリアするの難しいんだよ。お姉ちゃん手伝ってよ』

『ゲーム？　わ、私やったことないけど……』

柊家にある玩具は蘭専用と言っても過言ではなかった。

そもそも家事や雑用で凛は一日が終わってしまうので、遊んでいる時間なんて一秒たりともない。

間違ってゲーム機を触ってしまった時なんて『なにサボろうとしてるんだ！』と叩《たた》かれた覚えすらある。

『いいからいいから。ひとりでやってもつまんないんだよ！　お姉ちゃんのくせに私の命令が聞けないの!?』

蘭が強い口調で言いながら、ゲームのコントローラーを渡してきた。

――ら、蘭が望んでいるんだから、いいんだよね……？

自分はゲームなんて楽しんでいい人間じゃないと信じ切っている凛。恐る恐る蘭が差し出したコントローラーを受け取った。

『ジャンプがAボタンで、ダッシュがBボタンね。見ればわかると思うけど、敵に当たったら死ぬから。まあ、お姉ちゃんは頑張ってよけているだけでいいよ』

『う、うん。やってみる……』

蘭がゲームをやっているのをいつも家事をしながら横目で見ていたから、なんとなくルールは知っていた。

しかし実際にやってみると慌ててしまい操作がうまくできず、凛はすぐに敵の攻撃に被弾してしまう。

『……ご、ごめんね』

怒られる、と恐縮して謝ったが。

『あははは！　お姉ちゃん下手すぎ！　マジウケるわ～』

凛の失敗に怒るどころか、蘭はお腹を抱えて笑っていた。

それは心から楽しそうな表情に見えた。

まったく想定していなかった蘭の反応に、凛は唖然《あぜん》とする。しかし当の本人は凛のそんな様子には気づいていないらしく、「はいはい、じゃあもう一回始めからね。今度はしっかり頼むからね！」と笑みを浮かべながら再び凛にゲームをするよう促してくる。

『う、うん……』

いつもとまったく違う蘭の様子に困惑する凛。

しかし、その後も相変わらず蘭は嬉々とした面持ちでゲームを続けているし、凛が失敗しても怒らずにニヤニヤしていた。

『下手くそだな～』とけなしてはくるものの、まったく嫌味は感じない。仲のいい友人を茶化しているような気安い言い方だった。

『もう！　お姉ちゃん下手すぎておもしろいんだけど』

『だ、だって初めてなんだもん……』

一緒にゲームをしているうちに、蘭の言葉に自然に言い返すようになっていた凛。

普段の自分ならあり得ない言動だが、蘭がまったく気を悪くする素振りを見せないから、口をついて言葉が出てきてしまった。

蘭はむしろ、そんな姉妹の会話をおもしろがっているかのようにすら凛には見えた。

『初めてでもさー、普通はもうちょっとできるでしょ～』

『蘭は初めての時はできたの？』

『当たり前じゃん。私はお姉ちゃんと違って出来がいいんだからね』

ふっと不敵な笑みを浮かべて胸を反らす蘭。得意げな妹の姿を凛はかわいいと感じた。

『どうせ私は出来の悪い姉ですよ～』

頬を膨らませて、凛は冗談めいた声で言う。それを見た蘭はふふっと小さく含み笑いをする。

まるで常日頃から仲のいい姉妹のようなやり取りに、凛は自分がどんな立場の人間で、普段家族からどんな扱いを受けているのかを、つい忘れてしまっていた。

それほどまでに、蘭とゲームに興じるのは心躍る朗らかな時間だった。

しかし、そんな幸せなひとときは長くは続かなかった。

『ただいまー』

リビングのドアが開いた音が聞こえた直後、その声が響いてきた。両親が用事から帰ってきたのだ。

蘭はハッとしたような面持ちをした。凛はびくりと身を震わせ、反射的にゲームのコントローラーを床に置く。

蘭に言われたからとはいえ、自分がゲームをやっていたなんて両親が知ったら、難癖をつけて怒鳴られるに違いなかった。

『ちょっと凛っ。フローリングの掃除終わっていないじゃないの！』

床の隅にわずかに残っていた汚れを目ざとく見つけた母が、目を剥いて凛へと詰め寄ってきた。

『ご、ごめんなさい……』

『まったく、あんたって子は本当に役立たずね！』

『お母さんの言う通りだ。全部やり直すまで寝るんじゃないぞ』

俯《うつむ》いて謝る凛だったが、ふたりで責め立ててくる両親。とにかく彼らの怒りから早く逃れたい一心で、凛はすぐに掃除を再開した。

バケツに入れた水で雑巾を絞っていたら、ふと視線を感じた。蘭がじっと凛を見つめていたのだった。

蘭が憐《あわ》れむような視線を向けていたように見えた。しかし、それも一瞬だった。凛が見返したことに気づいた蘭は、慌てて顔を逸らす。そしてその後は元の木阿弥《もくあみ》で、両親と一緒になって凛をいじめる蘭に戻ってしまったのだった。

＊

——蘭とふたりきりになった時に、こんなことが何度かあった覚えがあるわ。

両親の目がないほんの一時《いっとき》だけ、なんの因縁もない姉妹の関係になれたような気がした記憶が。

しかし、基本的には両親がいる時間の方が長い。あの親しげな蘭の姿が凛は信じられず、自分の都合のいい夢だったのではないかと考えたものだ。

だけど確かに蘭が凛に微笑みかけてくれる瞬間があった。

そして凛は、あの蘭の姿を追憶するたびに彼女を心から憎いとは思えなくなるのだった。

蘭が行方不明になっていると発覚してから一夜明けて。

「凛」

玄関先で、艶のある声で伊吹が名を呼ぶ。彼の瞳にも熱がこもっていて、視線を重ねている凛の心臓は激しく鼓動していた。

伊吹と凛の毎日の恒例行事が行われようとしていたのだった。

伊吹の嫁となってもう三カ月にもなるというのに、いまだに凛は激しく緊張してしまう。

「は、はい」

顔を赤らめながらも返事をすると、伊吹は凛の頬に手を添えた。凛は反射的に瞳を閉じる。

すると唇に熱のこもった柔らかい感触が訪れ、心音がまた大きくなった。

息苦しさと共に凛が感じたのは、圧倒的な幸福感。毎朝行う伊吹との口づけは、凛にとってもっとも幸せなひとときだ。

もともとは、人間の凛に鬼である伊吹の匂いをつけ、他のあやかしの目を欺くための行為だった。

しかし、唇同士の接吻ならば鬼の匂いは三日は持つという話だから、目的のためだけならば毎日行う必要はない。

それにもかかわらず伊吹は毎朝欠かさず凛に口づけをする。一日一回に収まらないことも最近では珍しくない。

それが凛にはとても嬉しかった。

匂いづけの意味を成さない口づけは、伊吹が自分を求めてくれている証のように感じられたのだ。

「今日も初心な反応でかわいいな、凛は」

口づけの後に、伊吹が少しからかうように言った。凛は性懲りもなく恥ずかしさを覚え、俯く。

「す、すみません。私、いつまでも慣れなくて……」

「なぜ謝る？　そんなところがかわいいと言っただろう」

髪の毛を優しく撫でる伊吹の手の温かさを感じ、凛は顔を上げた。伊吹は目を細めて、慈しむように凛を眺める。

すると伊吹は玄関の扉を開け、凛の手を取って歩き始めた。

「……さ、凛。それでは心して行くとするか」

「はい」

伊吹と共に玄関を出る凛。

毎朝行われる口づけだったが、今日のそれはきっと気合を入れる意味合いも強かったのだろう、と伊吹に手を引かれて歩きながら思う。

本日、凛と伊吹は鬼門の門番である狛犬《こまいぬ》のあやかしに話を聞きに行くことにしたのだった。

うまくいけば、あやかしに誘拐されたと思しき蘭の行方について、なんらかの手がかりが掴めるかもしれないのだ。

大事《おおごと》に挑む前の景気づけと、妹のことで深い不安に襲われている凛を元気づけるための口づけだったのだろう。

「凛も知っていると思うが、狛犬は人間界の神社の魔除けを担っているな。とても心優しく、穏やかな種族だ」

狛犬の現頭領の女性が住んでいる屋敷へ向かう道中、伊吹は言う。

狛犬の屋敷は、お伽仲見世通りの中心から少し離れた町の外れに位置しているそうだ。

伊吹と凛は、大通りから歩いてそこへ向かっていた。

「はい。狛犬のあやかしには、人間界で暮らしている方もいらっしゃいますね」

「ああ。人間と友好な関係を築いている種族のひとつだな。だからこそ、なぜ鬼門が機能していないという噂が立ったのだろう……。瓢の話と、行方不明事件からもうその噂はほぼ確定だが」

伊吹は表情を曇らせる。

確かに、真面目さが買われて鬼門の門番や神社の番犬に取り立てられた狛犬がなぜ責務を果たしていないのか凛も不思議だった。

「そうですね……。なにか事情でもあるのでしょうか？」

「うむ。狛犬一族の頭領である阿傍《あぼう》というあやかしとは、俺も親交がある。とても凛々しい女性で曲がったことが大嫌いだが、他者には優しい性分だ。きっと詳しい話が聞けるはずだ」

狛犬の屋敷は高い塀に囲まれた立派な武家屋敷だった。

インターホンを押し、応答した者に鬼の若殿である伊吹の来訪を知らせると、下働きらしいあやかしが慌ててふたりを客間へと通した。

座布団に座ったふたりが下働きが出してくれた緑茶をすすっていた時、一族の頭領である阿傍が出てきた。

阿傍はきりりとした雰囲気の、三十代半ばくらいの美人だった。伊吹が言っていた通り、弓なりの眉と切れ長の灰色の瞳には勇ましい印象を受けた。

また、瞳と同じ色の長い髪はきちんとひとつに結わえており、理知的かつ丁寧な気配も醸し出している。

「伊吹。よく来たな」

容姿に似つかわしい、凛とした声だった。彼女は伊吹と向かい合わせになるように腰を下ろした。

しかし、そんな阿傍の着物の着こなし方が凛は少し意外だった。

襟の後ろの衣紋《えもん》はゆったりと抜かれていたし、帯が緩く巻かれているためか、裾が少々ずれている。きっちりとしている性格だとしたら、寸分の隙もなく美しく着物を着付けそうなのに……。

「阿傍、久しいな」

伊吹が笑顔で挨拶をすると、阿傍は口元だけを笑みの形に歪《ゆが》めた。

「確かに、数年ぶりくらいか。時に伊吹、そちらの鬼の女性は嫁か？」

凛の方に視線を送って阿傍が尋ねる。

「そうだ。凛という。最近夫婦になったばかりだ」

「り、凛です。よろしくお願いいたします」

いきなり自分の話になって戸惑うも、手をついて挨拶をする凛。すると阿傍は、今までよりも幾分か柔らかい声でこう告げた。

「そんなにかしこまらなくてもよい、凛。……しかし、結婚したとは知らなかったな。水臭いぞ、伊吹」

「すまない。最近少々立て込んでいてな」

「まあ、鬼の若殿は多忙だものな。とりあえずの挨拶になってしまうが……。ご結婚おめでとう、伊吹と凛」

そんなふうに気心の知れた調子で話す伊吹と阿傍。初対面の凛に対しても、心遣いが感じられた。

――聞いていた通り、思慮深そうだし優しい方だわ。この人は鬼門の件とは関係ないとか……？

などと、考えた凛だったが。

「それで伊吹。今日はなんの用件があって突然参られたのだ。私になにか聞きたいことでもあるのか？」

「さすが阿傍、話が早くて助かるよ。……最近、鬼門の警備が緩いという噂を、あなたが知らないわけはないよな？」

伊吹が神妙な面持ちになってそう尋ねると、それまで穏やかだった阿傍の表情が一瞬で強張った。それを見た瞬間、自分の想像はあっさり覆されたのだと凛は理解する。

──やっぱり阿傍さんが、鬼門の警備が緩んでいる件に関わっているんだわ。

しかし阿傍が動揺を見せたのは一瞬だった。目を細めて、どこか超然とした表情で伊吹を見据える。

「なんの話だ。私ら一族は、ちゃんと門番の仕事を全うしている」

はっきりとした声音で断言する阿傍。強い視線からは、有無を言わせない圧を感じる。

しかしこれしきの圧力では伊吹はもちろん怯《ひる》まない。

「だが実際には鬼門の警備は機能していないとの話だ。人間界で頻発している誘拐事件と鬼門の警備がおろそかになっていることは、関係があるのではないかと俺は踏んでいる」

淡々と涼しい顔で伊吹は確信に触れた。傍らで聞いていた凛は、阿傍が激高しないかとハラハラしてしまう。

「確固たる証拠はないというのに、失礼を抜かすな」

感情を高ぶらせる様子はなかったものの、阿傍の視線がさらに尖鋭《せんえい》になる。明らかに胸中では怒りを増大させているだろう。

「しかし火のない所に煙は立たない。鬼門の現状を俺は調査する必要がある。人間界のためにもな。まずは詳しくあなたに話を聞かなくてはならない」

「ふん、なにをもっともらしい戯言《ざれごと》を。……そんな妖力の弱い女を娶《めと》る鬼の若殿など、誰が信用するものか」

否定してもまったくぶれない伊吹に痺《しび》れを切らしたのか、阿傍は流し目で凛を見据えた後、吐き捨てた。

先ほどまでの阿傍は凛を気遣う様子しか見せなかったというのに、突然貶《おとし》める発言をするなんて。よっぽど伊吹の言葉が気に障ったのだろう。

——ど、どうしよう。確かに私は阿傍さんから見れば、鬼の若殿の伴侶としてはふさわしくないほど弱いあやかしでしかないよね。

口づけによってつけられた伊吹の鬼の匂いによって、他のあやかしからは鬼に見せかけている人間の凛。

しかし自身が妖力を発しているわけではないので、傍からは〝妖力が限りなく低いあやかし〟にしか見えないのだ。

自分のせいで伊吹が侮蔑されてしまい、凛はショックを受けてなにも言葉を発せられなくなる。しかし。

「凛は確かに妖力は低い。だが、あやかしは妖力がすべてではないだろう？　現に凛の御朱印帳には、印が四つもあるのだ。醸し出す妖力だけで強さを判断するとは、聡《そう》明《めい》なあなたらしくないな」

伊吹はまったく臆する様子もなく、落ち着いた口調でそう反論した。

ただかばうだけではなく、集めた御朱印について提示し「俺の妻は弱くはない」とはっきりと述べる伊吹に、凛は嬉しさが込み上げてくる。

伊吹が凛を役立たずではないと、心から思ってくれている証だった。

「御朱印を四つ……？」

阿傍は目を見開いて呟いた。

四つの御朱印を賜っていることは、実力のあるあやかしからするとそんなに珍しいわけではない。

しかし逆に言えば、能力の低いあやかしが四つの御朱印を集めるのは非常に困難なのだ。

妖力をほとんど感じられない凛の意外な事実に、阿傍は驚愕《きょうがく》しているようだった。

しかし彼女はふっと鼻で笑うと、凛を小馬鹿にした様子でこう言った。

「四では足りぬ。それくらい、たまたま懇意にしている者に温情で押してもらえば揃うからな。大方、鬼の若殿の権力を使ってお情けでいただいたのだろう？」

「違う！　俺はほとんどなにもしていない。凛が自力で集めたのだ……！」

阿傍の言葉には伊吹も腹が立ったらしく、声を荒げた。だが阿傍は薄ら笑いを浮かべて首を横に振った。

「ふん。そんな身内の言い分など信じられるものか。……そうだな。その女がアマビエの長である甘緒《あまお》から御朱印を賜ってきたら、私も少しはお前たちの話を聞いてやってもいいだろう」

「甘緒、だと……」

阿傍の提案に伊吹は掠《かす》れた声を漏らす。

――アマビエの甘緒さん……？　まったく知らない方だけど伊吹さんはなにをそんなに驚いているのだろう。

アマビエは、人間界で社会生活に制限が発生するほど厄介な新種の病気が流行った時に、一躍有名になったあやかしだ。

疫病を封じる力があるとされ、実際にアマビエが力を貸した地域では病気が収まった事例もあった。

アマビエは人を食わない種のあやかしであり、その能力も人間にとって有益なものでしかない。

それなのになぜ、伊吹は甘緒という名に戦慄しているのだろう。

「私も忙しい。これ以上、お前たちの相手をしている暇はない。……次に会ってやるのは、甘緒の御朱印を持ってきた時だ」

そう言って阿傍は立ち上がり伊吹と凛に背を向けた。途中、腹をかばっているような仕草を一瞬見せながら。

「……もうここにいても仕方がないな。凛、出ようか」

「は、はい」

伊吹は冷や汗をかいている様子だった。甘緒については、この屋敷を出てから詳しく尋ねてみようと凛は考える。

鬼門から誘拐された人間……蘭のことで知っている事情があるのか、阿傍に聞きたかった。しかしとてもじゃないが、あんな攻撃的な様子の彼女に尋ねられる余地はなかった。

しかし凛は、阿傍についてあることを推し量っていた。

――あの着物の着こなし方と、お腹をかばう仕草はたぶん……。

おそらくまだ伊吹は察していない、彼女の体に関する事柄を。

「人間界ではアマビエは疫病を退散するあやかしだという言い伝えが有名だが、現代では薬師の職に就いている者が多い。甘緒も、超一流の薬師として名を馳せている」

阿傍の屋敷を出た後、帰宅への道すがら伊吹は甘緒について凛に説明をし始めた。

「薬師ですか。どちらにしろアマビエの方たちは、病気の方を助ける役を担っているのですね」

「ああ、そうだな」

「それならなぜ、甘緒さんから御朱印をという話になった時に、伊吹さんは恐ろしい相手を思うような顔をしていたのです？　薬師なんて、病気の人を助けたいという気持ちがないとできない職業に思えますが」

伊吹の今の話からすると、アマビエは他者思いの心優しいあやかしなのではないか。

するとと伊吹は、眉間に皺を寄せながらこう答えた。

「確かに薬師として甘緒は並々ならぬ信念を持っているだろう。しかし、薬を調合することと以外に興味がないらしく、大変偏屈な性格だと有名でな。誰かに御朱印を押したという話を俺は聞いた覚えがないのだ。御朱印をもらいに行って二度と帰らなかった者もいるんだとか、いないんだとか。まあこれは出所もわからない、信憑性のない噂だがな」

「そうだったのですか……」

つまり、相当困難な相手から御朱印をもらってこいと阿傍は凛に命じたという流れらしい。

伊吹が表情を一変させた理由を、凛はようやく理解する。

「実は以前、御朱印を賜る相手を探していた時に、甘緒についても検討したのだが。結果、彼女の名は真っ先に外したのだ。調査を重ねるにつれて、偏屈だとか誰も相手にしないとか、そんな噂ばかり出てきたものでな」

「そ、そこまで気難しい方なのですね」

甘緒について聞けば聞くほど、御朱印をもらうのが難しそうな気がしてきた。凛は顔を強張らせる。

「うむ……。阿傍は明らかになにかを隠している様子だったが、俺たちにそれを話す気はないのだろう。無理難題を押しつけて退けようとしたに違いない。こうなったら力づくで従わせるしかないかもしれん」

ため息交じりに、気が進まない様子で話す伊吹。

実際、『最強』の称号を持つ伊吹の力をもってすれば、大抵のあやかしなら力でねじ伏せられるだろう。

しかし、相手はもともと懇意にしていた阿傍だ。その上代々鬼門の門番を司っている由緒正しい狛犬一族なので、できるだけ衝突は避けたいというのが本音だろう。

されども、他に手段がないのも事実。

「力づくで……」

「そうだ。狛犬一族と敵対関係になると面倒ごとも増えてしまうが……。このまま人間が誘拐され続けるのを黙って見過ごすわけにはいかないしな。阿傍の屋敷を襲撃するか、彼女の部下の門番を捕えて尋問、いや場合によっては拷問するか……」

具体的な力づくの方法を伊吹から聞いた凛は、なんとかそれは回避したいという気持ちが強くなった。

「ま、待ってください伊吹さん。阿傍さんは、本来は生真面目であのような方ではないのですよね？」

慌てて凛は申し出る。

「そうなのだ。だからいったいどうしたのだろうと不思議には思っている」

「もしかしたらなにかのっぴきならない事情があるのかも……。一度、ダメ元で甘緒さんのところに行ってみませんか？」

「……だが、凛が危ない目に遭うかもしれない。それは俺にとって、もっとも避けねばならぬ事柄だ」

甘緒のところに御朱印をもらいに行って戻ってこない者がいるという話は、根も葉もない噂。

とはいえ微々たる可能性であっても愛する嫁の身が危険にさらされるのを、伊吹はなんとしてでも避けたいのだろう。

そんなふうに自分を思いやってくれる伊吹の愛情を、凜は素直に嬉しく思う。しかし。

「あの、たぶんなのですけど。阿傍さんは妊娠しているようでした」

性格にそぐわないゆったりとした着物の着こなし方。それに、立ち上がり際に腹をかばうような仕草。そのふたつを見て思いついたのだった。

「え、そうだったのか？　俺はまったくわからなかったな……」

伊吹が気がつかないのも無理はない。女性のわずかな変化に気づけるのは、やはり女性なのだ。

「ええ、おそらく。ですがそうなると、やはり力づくというのは……」

凜の言葉を聞いて、伊吹は顎に手を当てて考え込むようなポーズをした後。

「確かに凜の言う通りだな。身重の女性はどんな状況であれ労わらなければならない。この後の行動については、もう少し考えることにしよう」

伊吹の返答に凜は心から安堵した。

鬼の若殿として広い視野を持ち、伴侶である自分はもちろんあやかしにも人間にも慈悲深い心を持つ伊吹。

例えよんどころない事情があったとしても、新しい命を宿した女性の身を最優先してくれるはずだ。

てくる。

そう凛はわかっていたが、実際に伊吹の情け深い言動を目にして嬉しさが込み上げてくる。

――やっぱり伊吹さんは、私にはもったいないくらい心優しい方だわ。

ふたりが伊吹の屋敷に戻り居間に入ると、また火照が遊びに来ていた。

ちゃぶ台の上には鞍馬のノートパソコンが広げられていて、画面には若い女性が映っている。どうやら三人でビデオチャットをしている最中だったらしい。

「どちら様かな？」

伊吹が画面を覗き込む。なんの前触れもなく現われた美男子に、女性は驚いたような面持ちになった。

「その子は火照の彼女の玉姫《たまき》ちゃんだよ～。しかもめっちゃうらやましいことに人間の女の子！　ま、俺とも友達なんだけどね」

「えっ！」

鞍馬による女性の紹介に、驚愕の声を上げる凛。

まさか、自分以外の人間にあやかし界にいながら会えると思っていなかった。画面の奥の彼女が実際にいるのは、人間界だとは思うが。

「人間の女の子だと!?」

伊吹が先ほどよりも食い入るように画面を見つめる。どんな子だろうと気になった凛も、彼に負けじと前のめりになった。

「あの、皆さんすいません。玉姫がびびってるんで、あんまりぐいぐい来ないでくれないすか……？」

凛と伊吹の食いつきように、火照が遠慮がちに注意した。確かに彼の言う通り、女性は怯《おび》えたように身をすくませていた。

伊吹はハッとしたような面持ちになり、苦笑を浮かべる。凛も彼に見習って、一歩後ろに下がった。

「そうだな。すまん」

「す、すみません」

伊吹に続いて謝る凛だったが、玉姫の存在はやっぱり気になってしまった。先ほどよりも気持ち控えめに画面を見る。

『こ、こんにちは。皆さんお揃いで……。玉姫と申します』

玉姫はぎこちなく微笑んで挨拶してくれた。

年齢は十代後半くらいだろうか。ボブカットのよく似合う、おとなしそうでかわいらしい子だった。

「玉姫さんですね。私は鞍馬くんの義理の姉の凛です」

そう自己紹介して、小さく頭を下げる。

——あやかしの男性と交際している人間の女の子かぁ。どんなふうに付き合っているんだろう。

自分以外の、人間とあやかしの男女の組み合わせを初めて目にした凛は、興味津々になってしまった。

凛の言葉を聞いた玉姫は、虚を衝かれたような面持ちになる。

『く、鞍馬くんに聞いてます……！　凛さんっていう鬼の若殿の奥様である義姉がいるって。ということは、さっきの男性は鬼の若殿!?』

玉姫にとって凛と伊吹は思いがけない相手だったようで、大層驚いた様子で声を上げた。

確かに、あやかしの中でも特に力が強いとされる鬼たちの上に立つ鬼の若殿は、人間界でも崇高な存在だと言わしめられている。

その本人と嫁がなんの前触れもなくひょっこりと登場したのだから、玉姫が驚愕するのも無理はないだろう。しかし。

「はは、そんなに緊張しなくてもよいぞ。俺は伊吹と言う。鞍馬がいつもお世話になっているな」

伊吹は親しみを込めた笑みを浮かべ、気安い口調で告げた。

彼は紛れもなく『最強』の鬼の若殿だが、その地位にあぐらをかくような素振りを普段はいっさい見せない。

するとそれまで強張っていた玉姫の顔が、幾分か緩んだ。

『は、はい、伊吹さん……！』

それでも鬼の若殿という偉大な相手を前にした玉姫は、やはり完全には緊張が解けない様子だった。

彼女の上ずった声を、凛はかわいらしく感じた。

「うんうん。伊吹は俺の家族なんだし、玉姫ちゃんがそんなにかしこまる必要なんてないからさー。気楽に話そうよ」

「そうそう。俺なんて鞍馬んちに最近は入り浸ってて、伊吹さんや凛さんと一緒に茶菓子食ってるぜ。ふたりとも全然気取ってないいい人たちだから大丈夫！」

鞍馬の言葉に乗っかるように、いかに伊吹と凛が安全な相手かを説明する火照。

「もー火照。お前はちょっとは遠慮しろよな～」

「えー！　なにを言ってんだよ今さら」

鞍馬が冗談めいて苦言を呈すると、火照は同じような調子で返答した。

そのやり取りがおかしくて、凛は笑ってしまう。

伊吹からも、小さな笑い声が漏れた。

『ふふ、火照さんの言う通り。本当に気さくな方たちなんですね』

鞍馬と火照のやり取りによって随分緊張がほぐれた様子の玉姫。

彼女に聞きたいことがたくさんありうずうずしていた凛は、ここぞとばかりに口を開いた。

「あの、玉姫さん。ちょっと聞いてもいいですか？」

『はい、凛さん』

「人間とあやかしが恋人になるのって、まだ珍しいと思うんだけど……。ふたりはどうやって知り合ったんですか？」

そう尋ねると、玉姫と火照が馴《な》れ初《そ》めを語り始めた。

ふたりは、あやかしも人間も登録できるＳＮＳを通じて知り合ったのだという。

最初は音楽の趣味が合ってフレンドになったのがきっかけだったが、そのうちにお互いの悩みなどを相談するようになって交際に至ったとの話だった。

『私、頭はあまりよくないし他に特技もなくて。両親はそんな私が心配なんでしょうけど、縛りつけるような言いつけばかりしてくるんです……。でもそんな私を、火照さんがいつも励ましてくれたんです。玉姫はそのままでいいんだよって』

頬をほのかに染めながら、玉姫は語る。

その話を聞いて、玉姫に自分の姿を自然と重ねる凛。

――私もそうだった。両親からずっと『できそこない』って言われて育った私に、伊吹さんが手を差し伸べてくれたのよね。

あやかし界に来た頃の自分を思い出す。

いつ死んでも構わない、早く鬼の若殿に血を吸われて息絶えたいとすら考えていた、抜け殻のような自分を。

伊吹に出会ってから、それまでモノクロの空間だった世界が色鮮やかな景色へと変貌し、楽しいとか嬉しいとか愛しいとか、そういった正の感情を幾度となく味わえるようになった。

あやかしの男性によって深遠な闇から救い出された経験を持つ凛は、火照と玉姫のふたりを心から応援したくなった。

「ふたりは、とってもいい関係なんですね……」

思わずしみじみと凛が言葉を吐くと、玉姫はさらに顔を赤らめた。

『は、はい。火照さんはとっても頼りになるんです』

「ふーん。火照ってば玉姫ちゃんにめっちゃ優しいんだねー」

「まーね」

話を聞いていた鞍馬の言葉に、得意げに微笑んで火照は答えた。そんな様子の恋人を目を細めて見つめながら玉姫が話し始める。

『あやかしが相手だから、私の親も最初は交際には大反対で……。だけど火照さんが両親と何度もテレビ電話で話し合いをしてくれたんです。そうしたら両親も、折れるって形だったけど渋々認めてくれて』

「そうなんだよー。人間界に行って直接話をしたりもしたんだ」

以前に火照が『俺は何回か人間界に行った経験があるぜ』と話していたのを凛は思い出した。

人間を食わない種であるあやかしは、鬼門の門番による審査をパスしやすい。

そういえば火照の種族を凛は知らないが、きっと人肉を食らわない種のあやかしなのだろう。

そうでなければ、玉姫の両親もふたりの交際を認めなかっただろうし。

「へえ、それは玉姫さんとしては嬉しいですね」

『そうなんです凛さん！　うちの親、威圧的で怖いのに、火照さんは全然びびらずに「俺たちの交際を認めてください」って何度も説得してくれて……』

「だって、俺たちそのうち結婚するしさ」

玉姫の言葉に続けるように言った火照のとんでも発言に、一同は「え！」と驚きの声を漏らした。

しかしふたりは、照れたように笑ってお互いを見つめ合っている。

「え、お前ら結婚するの!?　まさかそんなところまで話が進んでいたとは」

鞍馬も初耳だったらしく、火照に詰め寄って驚愕した様子で追及する。

「あれ、鞍馬にも話してなかったっけ。でも、最近ではあやかしにびびらない人間も増えてきてるじゃん？　特に若者を中心にさ。人間界であやかしも暮らしやすくなってきてるって話だし、結婚したら俺は人間界に行こうと思ってるよ」

「へえ……。なんだか、すごいのね」

火照の話を聞き、凛は感嘆の声を漏らした。

あやかしの中で人間に好意的な者は増えてきているが、それは人間側も一緒だったらしい。

──どんどん時代は変わってきているんだな。

「いいなー。人間の彼女……。俺にはなんでできないんだろ。俺もＳＮＳで人間の女の子に声かけたりしてんのになー」

鞍馬がため息交じりに言う。

人間の女の子がなによりも大好きな彼にとって、火照と玉姫の関係はうらやましくてたまらないのだろう。

すると火照が意地悪そうに微笑んだ。

「鞍馬はすぐにがっつくからなー。女の子が引いちゃうんだろ」

「えー！　うっせーな火照！　かわいい人間の彼女がいるからって、あんま調子に乗るなよ！」

火照のからかいに、鞍馬が大げさに憤る。そんなふたりのやり取りを見て、凜と伊吹、玉姫は声を上げて笑う。

――古来種なんて怖い存在もいるけれど。火照と玉姫さんみたいに、こうやっていい関係を築いているあやかしと人間もいるのね。

仲睦まじそうなふたりを見て、凜の心は温まった。

その後五人でしばらくの間雑談したが、玉姫は『すみません、この後アルバイトがあるんです』と告げてビデオチャットから退室した。

すると伊吹が、「あ、そうだ」と声を漏らした後、凜に話し始めた。

「凜、阿傍のことだが」

「はい」

「確か、紅葉が俺よりも阿傍とは長い付き合いで、気心の知れた友人のような間柄だったはずなんだ。だから紅葉にこの件を相談してみようと思う」

「紅葉さんが！　それはいい考えですね」

伊吹の従姉である紅葉は、姐御《あねご》という表現がいかにも似つかわしい、とても頼りになる女性だ。

凜に御朱印も授けてくれたし、『なにかあった時は私があんたたちの力になるからね』と常日頃から言ってくれている。

そんな紅葉ならなんらかの突破口を見出してくれるかもしれない。

「え、今阿傍って言わなかったっすか？」

伊吹と凛の話を聞いていたらしい火照が話に入ってきた。

「ああ。火照は阿傍と知り合いなのか？」

「知り合いもなにも、阿傍は俺の実姉っすけど。姉となんかあったんすか？」

きょとんとした面持ちで答える火照。

「え!?」

衝撃の事実に、伊吹と凛は揃えて驚きの声を上げた。

「……そうだ。確かにお前、よく見なくても狛犬ではないか」

あやかし同士ならば、ひと目見ればその種族はわかるという。伊吹からすれば、火照が狛犬なのは一目瞭然なのだろう。

だがしかし、阿傍と火照が姉弟だという事実を凛はにわかには信じられなかった。

――だってふたり、全然タイプが違うわ……。

生真面目で凛々しく、硬直的とも感じられる姉の阿傍。

それに対し、弟の火照は人間界の最新の流行を追い、我が道をマイペースで行く自由人といった印象だ。あの鞍馬にすら、『今日の服もチャラいなあ、火照』と日頃から茶化されているほどに。

まるで正反対なふたり。例え種族が同じだと気づいたところで、ふたりが親族だという考えに至るのは難しそうだ。

よくよく見てみれば髪と瞳の色がふたりとも灰色だし、切れ長の瞳は似ていると言えば似ているが。

「えっ、まあ俺は見ての通り狛犬っすけど……」

「いや。お前があまりにも阿傍と性格が違っていたものだから、姉弟とはまったく思い当たらなかったのだ」

伊吹も凛と同じように感じているようだった。

「まー、長女の姉ちゃんは幼い頃から跡取りの自覚があったすからねー。あのくそ真面目な性格も生まれつきみたいっす。俺の適当な感じも生まれつきっすね。同じ両親から生まれて同じ環境で育ったのに、こんなに違うものなのかってよくいろんな人にからかわれるっす。……あ、でも俺たち仲はいいっすよ。お前は好きなように生きろって、ねーちゃんいつも言ってくれてますし」

ノリの軽い火照を、質実剛健な阿傍はどのように思っているのだろう……と考えていた凛だったが、意外にも良好な姉弟関係らしい。

火照の話から、阿傍がただ生真面目なのではなく柔軟な考えも持っていることがわかった。

──そんな彼女がなぜ、私たちにあんな態度を？

「それなら、紅葉よりもお前に相談する方が手っ取り早そうだな。少々込み入った話なのだが」

「え、え？　なんすか？」

戸惑う様子の火照に、伊吹は自分たちの事情をかいつまんで説明を始めた。

最近鬼門の警備がほとんど機能していないくらい緩くなっていること。

その門番である狛犬の長・阿傍がなにかを知っていると考え、話を聞きに行ったら門前払いをされてしまい、アマビエの甘緒から御朱印をもらってこいという無理難題を押しつけられたこと。

そして、人間界で多発している誘拐事件がこの件に関連しているかもしれず、誘拐された人間の中に凛の知り合いがいるため、早期に解決したいこと。

もちろん、凛の正体については伏せて説明をした。

火照は珍しく真剣な面持ちになり、時折「ふんふん……」と相槌《あいづち》を打ちながらしっかりと話を聞いてくれた。

凛の妹が誘拐された件はすでに鞍馬には話していたが、阿傍関連の説明はまだしていなかったからか、神妙な面持ちで彼も聞き入っていた。

「……というわけなのだ。お前の姉は曲がったことが大嫌いなはず。なぜ明らかな嘘《うそ》をつくのだろうか」

あらかた説明を終えた伊吹が、ため息交じりにぼやく。

「アマビエの甘緒すか……。あの、たぶんですけど。ねーちゃんの意味不明な行動の理由、俺には心当たりがあります」

「え、本当に!?」

火照の返答に凛は食いつく。

火照はゆっくりと頷いた後、こう語り始めた。

「実はねーちゃんの夫──俺の義兄《にい》さんなんすけど、しばらく前に病気になっちゃって。今昏睡《こんすい》状態なんすよ」

「なんだと?」

思ってもみない話に、伊吹は眉をひそめた。

「はい。現代の医学じゃ治らないっつー難しい病みたいで……。それでもこれ以上病気を悪化させない薬はあるんで、ねーちゃんは義兄さんにその薬を投与してたみたいっす。だけどその薬が、まだ未承認の薬なんすよね」

「え？　じゃあお前のねーちゃんはどうやってその薬を手に入れてるわけ？」

不思議に思ったらしい鞍馬が尋ねた。

人間界でもそうだが、まだ臨床試験などを終えておらず、安全であるかが科学的に証明されていない薬剤を医師は処方することができない。

よって阿傍はその薬を入手できないはずなのだ。

「俺も不思議に思ってさ。実家に帰った時に聞いたんだけど、『ちょっとしたツテがあってな』ってはぐらかされたんだよ。ねーちゃん、珍しく焦ったような顔をしてた覚えがあったな……」

考え込むような表情をしながら話す火照。さらに彼はこう続けた。

「で、今考えてみたんだけど、義兄さんがその薬を投与され始めた時期と、人間界での誘拐事件が増えた時期が一緒だなって」

「なるほど。つまり、阿傍は何者かからその未承認の薬をもらう代わりに、鬼門の警備を緩くしているという可能性があるわけだな」

伊吹の推理に、火照は頷く。

「伊吹さんの言う通りだと思うっす。ねーちゃんが自分の信念を曲げるなんて、大事な人を守る時くらいなはずっすよ。それでもたぶん相当迷ったんだと思うっす。でもそうする以外、方法が見つからなくって苦肉の策で……って感じかと。まあ、俺の考えが正しければっすけど」

「そうなのね……」

確かに凛だって、大事な家族や仲間――伊吹や鞍馬、国茂や今まで御朱印をくれたあやかしたちを守るためなら、本意でない行動をしてしまうかもしれない。

――それに阿傍さん、お腹に子がいるみたいだったもの。

なおさら夫を守りたいと思う時期だったに違いない。

「確かに辻褄《つじつま》は合うな。俺たちに悪態をついたのは、きっと彼女も自分自身に嫌悪感があったのかもしれない。しかし門番としてのプライドがあるから、薬のために仕事を怠っているなど誰にも打ち明けられないのだろうな」

どこか沈痛そうな面持ちの伊吹。阿傍の心情を慮って、心を痛めているのだろう。

「はい、そうだと思うっす……。それに相手も薬と引き換えに鬼門の警備を緩めろだなんて悪どいことを要求してくる奴っすよ。ねーちゃんの弱みに付け込むような脅し文句を言ったんじゃないかと」

火照の話の通りだとしたら、相手のやり口は相当卑劣なものだ。

鬼門を緩めればどうなるかくらい、阿傍とてわかっていたはずである。しかしそうする選択肢しか考えられないほど、彼女は取引相手に追い込まれてしまっているのだろう。

「それで甘緒の件なんすけど。御朱印を与えた者に、どんな病も治す『瑤姫草《ようきそう》』っていう薬草をくれるって話は聞いたことあるっすよね？」

火照の問いに伊吹は頷くが、凛は初耳だった。

「どんな病も治す薬草、ですって？」

「はい。だからねーちゃんはたぶん、それで義兄さんを治したいんじゃないっすかね。でも、甘緒は滅多なことじゃ御朱印をくれないから……。ダメ元でふたりにそんな厄介ごとを言ったんじゃないかと俺は思うんす」

つまり阿傍は、意地悪で凛たちに無理難題を押しつけたわけではなかったのだ。

藁《わら》にもすがる思いで、愛する夫を病から救うために鬼の若殿とその嫁に自分の思いを託したのだろう。

凛は伊吹を真っすぐに見つめ、続けた。

「伊吹さん」

「それならばもう、行くしかありませんね。甘緒さんの元に、御朱印をいただきに。瑤姫草を手に入れるために」

凛が強い決意を瞳に込めると、それを見つめ返しながら伊吹は口を開く。

「……正直、凛が一番大切な俺はまだあまり気が進まないが、確かにそのようだ。困っているあやかしを見過ごすわけにはいかない」

ため息交じりの伊吹の言葉。

自分をもっとも大切だと宣言した上で、危機に瀕《ひん》しているあやかしに手を差し伸べようとする――そんな自分の夫を、凛は改めて誇り高く感じた。
こうして伊吹と凛は翌日、甘緒の居住地である『蓬萊山《ほうらいさん》』へ向かうと決めたのだった。

第三章　『息災』の甘緒

あやかし界の蓬莱山といえば、齢《よわい》数百歳以上で悟りを開いた仙人が住まう聖地だと、人間界では言い伝えられていた。

実際、アマビエはあやかしの中でも大変寿命の長い種族で、甘緒は優に千歳を超えているのだという。

また、伊吹の屋敷から蓬莱山まではかなりの距離がある上に、甘緒の住まうとされる山頂の小屋までは野生の獣すらも寄りつかない険しい山道らしい。

しかし伊吹が足に妖力を込めれば韋駄天《いだてん》のように俊足で地を駆けられる。

人間の凛はもちろんそんな伊吹についていく体力などないので、伊吹に抱きかかえられながらの移動となる。

ふたりで遠方に移動する場合は常にこの方法を取っていた。

手っ取り早く、効率的な移動方法ではあるが。

——伊吹さんに抱えられるの、やっぱり緊張しちゃうのよね……。

伊吹が凛を背負う形でも問題ないはずだが、なぜか毎回伊吹はいわゆるお姫様抱っこの形で凛を抱える。

当然ながら、伊吹の体温を常に感じるこの移動方法を行うたびに、凛は恥ずかしいような嬉しいような気持ちになってしまうのだった。

今回も、動悸を覚えながら伊吹に身を任せる凛だったが。

「凛」

「はい？……！」

丁寧に、労わるように凛を抱えた伊吹が、唇についばむように口づけをしてきた。

今朝も自宅で恒例の口づけは行っていたから、完全なる不意打ちだった。

伊吹と体を密着させている状態にただでさえ緊張しているというのに、なんの前触れもないキスに凛は赤面した。

「抱きしめると、どうしても凛にもっと触れたくなってしまうな」

至近距離で美しく微笑みながら、伊吹が甘い言葉を吐く。

すでに心音がけたたましく鳴っている状態だというのに、さらに追い込んでくる。

──もう、本当に困る……。でも、幸せ。

言葉は見つからない凛だったが、そんな心情を伝えたくてより深く伊吹にしがみついた。

伊吹は「ふっ」と嬉しそうに小さく笑った後、駆け出した。

すると屋敷を出てからものの一時間で、蓬莱山の山頂付近までたどり着いた。

ようやく凛を地に降ろした伊吹は、神妙な面持ちでこう告げた。

「実はアマビエは、幼年期から死の直前までまったく老化しないのだ。千歳を超えている甘緒も、外見は幼女にしか見えないだろうな」

「えっ。そうなのですね」

実年齢から老女のようなあやかしを想像していた凛にとっては意外な事実だった。

「しかし見た目に惑わされてはいけないぞ、凛。天才薬師として名を馳《は》せている甘緒は、数々の病気の特効薬を世に出している。そして自分以外の誰も信じない、偏屈者だと知られている」

「自分以外誰も信じない……。それは確かに、生半可なことでは御朱印を押印してもらえないでしょうね」

伊吹の抱擁から解放され、冷静さを取り戻した凛だったが、心配になりながら言う。

――阿傍さんの事情を考えると、甘緒さんから御朱印をもらうしかない状況だけど……。きっと簡単にはいかないはず。どんな無理難題をふっかけられるのだろう。ひょっとすると門前払いかもしれない。

そんなことを凛が考えているうちに、甘緒が住んでいると思われる小屋らしき建物にたどり着いた。

仙人のような存在のあやかしが住んでいる小屋というから、切りっぱなしの木材で組まれたようなシンプルな家屋を想像していた。

しかし予想と違って、オレンジ色の屋根に白い外壁の、まるで七人の小人が白雪姫と住んでいるようなメルヘンな外観の家だった。

「ごめんください」

伊吹が扉をノックして声をかけるが、応答がなかった。

しかし先ほどよりも大声で、そして凛も彼の声に重ねて叫ぶと、微かにこんな声が扉の奥から聞こえてきた。

「……面倒だ。勝手に入ってこい」

尊大な言葉遣いだったが、幼い少女のようなかわいらしい声だった。伊吹と凛は顔を見合わせてから頷くと、扉を開けて家の中に入った。

玄関の時点で、いろいろな書物や紙切れが山積みになっており、足の踏み場がないほど散らかっていた。

あちこちで積まれているものをなんとか踏まないよう、慎重な足取りで廊下を進んでいくふたり。

すると、扉が開けっ放しになっている部屋の奥で、椅子に座った甘緒が試験管をふたつ持って薬を調合していた。

桃色の長い髪には緩やかな癖があり、腰の長さくらいまであった。大きくつぶらな瞳はさまざまな色が混じり合っているように見えて何色なのか判別できない。

強いて言うならば虹色だろうか。少し視線を変えただけで揺らめくその小さな虹は、目を見張るほど美しかった。

人間界の子役にでもいそうな、かわいらしい幼女にしか見えない。しかし彼女は凛の数十倍も年を重ね、老熟した精神を持つアマビエなのである。

「そなたが甘緒だな。忙しいところ申し訳ない。実は俺たちは——」

「ふん。無用な説明など聞きたくない。わざわざこんな僻地《へきち》までやってくる者の用件など、ふたつしかないからな。どうせ我の御朱印か、瑤姫草目当てだろう。もう飽き飽きしているところだ」

下手《したて》に出る伊吹の言葉を遮って、不機嫌そうな声音で甘緒が言った。相変わらず試験管からは目を離さず、こちらを一瞥《いちべつ》すらせずに。

「恐れながら、そのふたつとも頂戴したいのです」

緊張しながら凛が申し出る。

「欲張りな女子《おなご》だの。まあいい。我は貴様らの相手をする暇などない。だから、瑤姫草を見つけた者に御朱印を授けることにしている。たぶん、貴様のような貧相なただの女子《おなご》には無理だろうがな」

心底嫌そうな口調で甘緒が言う。本人の言葉の通り、御朱印や瑤姫草目当てに来訪する者に嫌気が差している様子だ。

——だけど甘緒さんの話によると、うまくいけば目的の物がふたつとも手に入るということだわ。

御朱印はもともと喉から手が出るほど欲しいし、阿傍の夫を救うためには瑤姫草だって必要不可欠。瑤姫草を手に入れれば自動的に御朱印が手に入る仕組みは、こちらとしては大変ありがたい。

「それで、その瑤姫草はどこにあるのだ」

「近くの洞窟の最深部に生えている。……仕方がない、案内くらいはしてやろう」

伊吹の問いに答えると、やっと甘緒はラックに試験管を置いて立ち上がった。そして凛と伊吹の間をすり抜け、部屋から出ていく。

「あ、ありがとうございます」

慌てて礼を述べながら彼女の後に続く凛だったが、甘緒はそれには反応せずに歩いていく。

そして家から出て数分歩いた先に、洞窟があった。入り口はかなり大きく、直立した状態の伊吹でも天井に頭がつかないくらいの高さだった。

「この中に瑤姫草があるのだな？」

甘緒が頷いた後、伊吹は凛と顔を見合わせる。

「凛、それでは心して入ろうか。なに、俺が一緒だから大丈夫――」

「待て。ここに入れるのは御朱印ないし瑤姫草が欲しいひとりのみだ。つまりそっちの女子《おなご》だけじゃぞ」

伊吹の言葉が終わる前に、甘緒がぴしゃりと告げる。伊吹は虚を衝かれたような面持ちになった。

「凛だけど……!?」

「そうだ。瑤姫草は神の草。決まりを守らない不届き者が洞窟に立ち入ったら、その瞬間、容赦なく命を取る」

幼女のような愛らしい声で、恐ろしいことを淡々と言う。『命を取る』という言葉に、凛の顔は青ざめてしまった。

「別にそんなに怯える必要はない。貴様がひとりで捜しに行くのなら、なにも怖い事態など起こらぬよ。例え見つけられなかったとして、瑤姫草が貴様を取って食ったりもせぬ」

「本当か？　あなたの元を訪ねて、戻ってこない者がいるという噂があるが」

「ああ、それは忠告を無視して複数人で瑤姫草を捜した者の遺体を、捌《さば》いて薬の材料にしただけじゃ。臓器はいい薬になるからな」

伊吹の問いかけに、相変わらず表情も変えずに答える甘緒。

千歳を超え、一部から神とも崇められている甘緒には、神力が宿っているという噂もあるらしい。不届き者のあやかしの遺体を薬の材料に卸すくらい、悟りを開いた彼女にとっては作業のひとつでしかないのだろう。

「なるほど。もしひとりで洞窟に入った凛が瑤姫草を捜せなかったとしても、あなたが危害を加えるわけではないのだな？」

「我はそんなに暇ではない。見つけられなかったら諦めて勝手に帰れ」

つっけんどんに甘緒が答えると、伊吹は凛の方を向いた。

「たぶん彼女の話は全部本当だろう。千年も生きている者がつまらん嘘をつくはずはないからな」

「ええ、私もそう思います」

伊吹の言葉に凛は頷いた。

幼女にしか見えない甘緒だったが、その振る舞いには大層威厳があったし、虹色の瞳には神々しい光が宿っていた。今まで見てきたあやかしたちとは一線を画す偉大さを、凛もひしひしと感じ取っていたのだ。

「ほう。よくわかっているではないか、鬼の若殿とその嫁」

こちらは名前すら名乗っていないはずなのに、甘緒はすでに伊吹と凛の素性を見抜いていた。

驚きながらも、それによってますます彼女の言葉に信憑性が増す。

「つまり、不正を働かない限り凛の身にはそう危険はないということだ。それでも俺は心配だがな。……凛、ひとりで行けるか？」

「ええ、もちろんです」

はっきり答えると、伊吹はいきなり凛を自分の元へと引き寄せた。そしてそのままの勢いで唇を重ねてきた。

「え……。い、伊吹さん？」

突然の事態に戸惑いと気恥ずかしさを覚えた凛は、伊吹の唇が自分から離れた後、顔を真っ赤にしながら尋ねる。

すると伊吹は目を細めて柔和そうに微笑んだ。

「なに、無事を祈る願掛けの口づけだよ。心から気をつけるんだぞ？　だが凛の信じる道を進めば、きっと瑤姫草は手に入るさ」

「伊吹さん……」

――私の信じる道を、進めば。

伊吹が凛を心から信頼していない限り、その言葉は出てこなかっただろう。

ただ心配だ、危険だと身を案じるのではなく、自分の意志を尊重してくれる伊吹に、凛が改めて感動を覚えていると。

「これ。人前で発情しているんじゃない。早く探しに行かんか。まったく最近の若い者は」

甘緒が半眼になって呆れたように言う。初めて彼女が感情を露にした瞬間だった。

「は、はい」

甘緒の言い分にますます恥ずかしさを覚えた凛は慌てて返事をして、洞窟に足を踏み入れた。

――中はとても広いのね。

入り口も大きかったが、洞窟内はさらに巨大な空間が広がっていた。

凛が両手を広げても指先が壁につかないほどの幅と、天井に手を伸ばしてもまったく届かない高さがあった。

洞窟内に明かりはいっさい置いていなかったが、天井のところどころに小さな穴が開いており、そこから太陽光が差し込んでいる。

そのため洞窟内は薄暗い状態だったので、歩みを進めるのにそんなに苦労は感じなかった。

洞窟内は静謐《せいひつ》な空間だった。自身の足音と、時々天井からの雫《しずく》がしたたり落ちる音以外はまったくなにも聞こえてこない。

しばらく進んでも分岐点はなく、一本道だった。

――こうして真っすぐに進むだけで最深部に行けるのなら、なにも大変ではないけれど……。

本当にそんな簡単に瑤姫草が手に入るのだろうか。いやそこまで甘くはないはず、途中でなにか試練があるに違いないなどと考えながら、凛が奥へと進んでいくと。

「ぎゃー！」

ふわりとしたものを踏んだと思った直後、けたたましい絶叫が洞窟内に響き渡った。

ぎょっとして凛が足元を見る。

「た、狸《たぬき》さん……!?」

狸のあやかしが、痛そうな顔をして自身の尻尾を撫でている。どうやらもうご老体らしく、毛並みはあまりよくない。

「ご、ごめんなさい。私、あなたがいるのに気がつかなくて」

凛が屈んで慌てて謝罪をすると、狸は苦笑を浮かべた。

「いやいや、いいんじゃよお嬢ちゃん。わしも誰も来ないと思って油断しておったわい。疲れたから休憩しとったのじゃが」

「休憩、ですか？」

そういえば、なぜこんなところに彼はいるのだろう。もしかして。

「わしは瑠姫草を取りに来たのじゃがの。なかなか奥にたどり着けず、休んでおったのじゃよ」

「やっぱり、あなたも瑠姫草を？」

こんなところに彼がいる目的などひとつしかないだろう。すでにそう予想していた凛は尋ねた。

すると狸は目をぱちくりさせる。

「『あなたも』ってことは、お嬢ちゃんもか？」

「ええ、そうなんです」

「そうじゃったのか！　奇遇じゃのう」

狸は嬉しそうに言った。薄暗い洞窟の中を一匹でいて、心細かったのだろう。

――甘緒さんは御朱印または瑤姫草が欲しい者、一名のみで洞窟に入れとおっしゃっていたけれど。

同じ目的で入った別のあやかしと偶然鉢合わせすることは起こりえるというわけか。

現時点で凛も狸も瑤姫草に命を取られていないのだから、不正だとは判断されていないはずだ。

「ええ。狸さん、よかったら一緒に奥まで行きませんか？」

「おお！　それはとても助かるわい！　ひとりで暗い中を進んで、物寂しさを感じていたところじゃ」

凛の提案に、狸は嬉々《きき》とした面持ちで答えた。とても素直で気さくなお爺《じい》さんだなと、凛は心を和ませる。

「お嬢ちゃんは、なぜ瑤姫草が必要なんじゃ？」

共に歩み進んでいると、狸が尋ねてきた。

「知り合いが難しい病にかかっておりまして……。瑤姫草なら治せると聞いたのでここに参りました」

他にも複雑な事情が絡んでいたが、そこまで深く説明する必要はないだろうと考えた凛は簡単に答えた。

「そうじゃったか。わしも一緒じゃ。孫娘が病気にかかってしまってのう」

狸は途端に沈痛な面持ちになった。

「お孫さんが……」

「そうなのじゃ。とてもかわいい孫でな、病気になるまではとても元気な子じゃったのだが……。薬や手術では治らない病にかかってしまって、まだ小さいのにかわいそうな思いをしているんじゃよ」

「それは……とても心配ですね」

凛の言葉に狸は頷いた。

「うむ。……しかし、瑤姫草ならどんな病も治せると聞いてな。絶対に見つけ出してやると、心して洞窟に入ったのじゃ。病気が治ったら一緒に遊園地に行く約束をしているからのう！」

「それは絶対に見つけませんとね！」

鼻息荒く意気込む狸を見て、彼を応援する気持ちが湧いてきた凛。

自分が瑤姫草を探し当てるのももちろん重要だが、できればこの狸の分も一緒に発見したい。

その後、狸から孫娘との思い出や彼女に関する自慢話を聞きながら、奥へと進んでいく。

狸の話に合いの手を入れていたら、薄暗く足元の悪い洞窟内を歩くのもそんなに苦ではなかった。

そのうちに、とても開けた空間に出た。

空間の奥には凛の体よりも大きな岩が鎮座していて、天井に開いた穴から太陽光が差し込んでいる。

光が照らしている場所を注意深く見てみると、水仙によく似た可憐《かれん》な花がいくつも咲いていた。

その花弁は虹色に彩られており、上に乗った水の雫がきらりと光っている。

美しくも神々しいその花を前にして、凛は一瞬で察した。

「狸さん！　きっとあれが瑤姫草に違いありません！」

凛が声を弾ませて告げると、狸は勢いよく頷いた。

「わしもそう思っとったところじゃ……！　しかもたくさん生えているようでよかっ

た。わしとお嬢ちゃん、ふたりとも手に入れられそうじゃの！」

狸の言う通り、岩の上に無数に瑤姫草が生えているのは幸運だった。

もし一輪しか生えていなかったとしたら、なかなか難しい判断を凛は迫られただろう。

たった数十分の付き合いだが、もうすでに狸に情が湧いている凛は、自分と同じくらい彼に瑤姫草を手に入れてほしいと考えていたのだ。

――もし一輪しかなかったら、私は狸さんに瑤姫草を譲ったかな？　でも阿傍さんの旦那さんの件もあるし、なにより行方不明の蘭を探し出さなければいけないし……。

そう考えると狸に瑤姫草は譲れない、でも彼にとっては大切なお孫さんが……などとつい思考を巡らせてしまった凛だったが、瑤姫草がたくさん生えている今となっては、そんな仮定をしても仕方がない。

「ではひとり一輪ずついただきましょう、狸さん」

思い直して狸に提案する凛。そしてふたりは岩へと近づき、それぞれの手で一輪摘もうとした。その時。

『待て！　そうやすやすと、なんの代償もなしに瑤姫草が手に入るわけがなかろう。このたわけ者どもめが』

突然、朗々たる声に一喝されたので、凛はびくりと身を震わせて瑤姫草を摘もうとしていた手を止める。

狸も動揺したようで、辺りをきょろきょろと見渡している。

しかし、どこにもその声を発した主は見当たらない。声は瑤姫草が生えている岩から聞こえてきたように凛には思えた。

「……まさか。岩がしゃべった？」

『私は瑤姫草を生やすことのできる神岩《かみいわ》であるぞ。人語を話すくらい、造作もないわ』

疑問を呟いた凛に向かって岩がたしなめる。

――確かに、どんな病も治してしまう草が生えている岩だものね。それくらい不思議じゃないのかも。

そう自分を納得させた凛。狸はいまだに驚きおののいているようで呆然《ぼうぜん》とした顔をしていた。

「神岩様。それで、瑤姫草を手に入れる代償とは。私たちは、あなたになにを差し上げればよろしいのですか？」

『生えた瑤姫草を持っていかれてしまうと、私はその分生命力を失う。だから瑤姫草一本分の生命力をよこせ』

「生命力とは……？」

いったいどのような形で渡せばよいのだろう。

凛が首を傾げていると。

『ふむ……。どうやらお主、特別な血の持ち主だな』

神岩と名乗るのも伊達ではないらしい。凛が夜血をその身に宿していることを、すぐに見破ったようだった。

「はい、確かに」

『なかなかうまそうな血の匂いだ。よかろう、お主は小盃《こさかずき》一杯分の血を私によこせ。さすれば瑤姫草を与えてやる』

鬼にとっては強力な栄養剤でもある夜血だが、神岩に対しても似たような効力があるらしい。

――小盃一杯分の出血なら、きっと体に影響はないわよね。

健康診断の血液検査で抜かれる量よりも少ないくらいだろう。ほぼなにも失わずに瑤姫草が手に入る運びとなり、凛は安堵した。

「かしこまりました。私の血を差し上げます」

『ふむ、よかろう。瑤姫草を一輪、持っていくがよい』

「ありがとうございます！」

こうして、凛と神岩との会話が一段落したその時。

「か、神岩さま。わしはどうすればいいのじゃ？」

狸が恐る恐る神岩に尋ねる。

『……ふん。こんな老いぼれ狸までおったのか。あまりにも気配が弱々しくて、気がつかなかったわ』

神岩は小馬鹿にするような声で言った。

その反応に狸は一瞬怯んだが、めげずに再度問う。

「わしも生命力を差し上げます。だから瑤姫草をください……！」

『……ははは！　なにを言い出すかと思えば。お主のようなもうろく、ほとんど生命力など残っておらぬ。私がお主から受け取りたいものなど、なにもないわ』

無慈悲に言い捨てる神岩。

狸は岩の根元にすがりながら、懇願する。

「そ、そんな！　なんとかなりませぬかっ！　なんでもいたしますからっ」

『しつこいぞ、老いぼれ。……しかしなんでもする、か。だったらお主の残りの寿命十年を、すべて私によこせ』

「残りの寿命十年をすべて……？」

予想外の神岩の返答に、今度は掠れた声を漏らす狸。

――残りの寿命すべて？　それってつまり……。

簡単な話だが、寿命がなくなればあやかしも人間も息絶える。つまり神岩は、狸の命と引き換えに瑤姫草を渡してやると告げているのだ。

それに気づいた凛は、慌ててこう言った。

「か、神岩さま! おじいさんの寿命の代わりに、私の血をもう一杯差し上げますから! それで二輪、瑤姫草をいただけませんか⁉」

小盃一杯分が二杯になったとして、凛が健康を害する恐れはないだろう。それで狸が命を失わずに瑤姫草が二輪手に入るならば安いものである。

完璧な提案だと思った凛だったが。

『二杯などいらぬ。私にとってお主の血は栄養過多すぎる。二杯も飲んでしまったら胸焼けがするわ。血は新鮮なものに限るから、時間を置いたらまずくなるしな。だから一杯で十分だ』

「そ、そんな……」

『私がそこの老いぼれ狸から欲しいのは、寿命十年分の生命力だ。他の物はいっさい受け付けぬ!』

神岩は、凛の案をあっさりと蹴ってしまった。にべもない口調は、つけ入る隙をまったく与えない。

「か、神岩様! せめて五年……いや、九年ではダメかのう? 残りの寿命をすべて失ったら、わしは孫に会えなくなってしまいます……」

それでも必死に食い下がる狸だったが。

『くどい！　お主の命など私にはどうでもいいのだ。私が寿命十年分と言ったら十年分なのだ。瑤姫草にはそれくらいの価値があるのだからな！』

確かに、どんな難病も完治させてしまうという瑤姫草ならば、それくらいの代償は必要なのかもしれない。神岩の言い分も、もっともだ。

すると狸は深く嘆息をして、凛に向かって悲しげに微笑んだ。

「……お嬢ちゃん。どうやらわしはここまでじゃ。わしの残り少ない命なんかより、孫娘が健康に長生きする方が、わしには大切じゃからのう」

残りの寿命十年を神岩に献上すると決意したらしく、狸が弱々しく言葉を紡ぐ。凛は息を呑《の》んだ。

「そんな……。狸さん、それはダメです！」

「ありがとうお嬢ちゃん。わしの寿命の代わりに血をあげるという申し出をしてくれた時は、とても嬉しかったぞ。老いぼれの最後の頼みじゃが、孫に瑤姫草をどうか届けてくれないかのう。お嬢ちゃんなら、きっと届けてくれるじゃろ。迷惑をかけてしまうなあ」

狸の瞳には涙が浮かんでいた。

自分の命を犠牲にして、孫の病気を治すための瑤姫草を手に入れると決めた心優しい老いた狸の姿に、凜は胸を打たれる。

——ダメよ。こんな優しいおじいさんなんだもの。きっと孫の女の子だって、彼が大好きに違いない。

孫娘は彼の帰りを今か今かと待ちわびているだろう。病気が治っておじいちゃんと一緒に遊園地に行くんだと、心待ちにしているはずだ。

だからこんなところでこの狸は死んではならない。絶対に、なんとしてでも。

凜はごくりと生唾を飲む。そして、たった今思いついた妙案を神岩に伝えることを決意した。

「神岩様。狸のおじいさんの残りの寿命の代わりに、私の寿命を十年差し上げるというのはいかがでしょうか」

その言葉に吃驚《きっきょう》したらしく、狸は目を見開いて凜を凝視する。

神岩からはしばらくの間、返答はなかった。

場は静寂に支配され、天井から雫がしたたり落ちる湿った音だけが、しばし辺りに響いていた。

『ほう。なかなかおもしろいことをのたまう小娘じゃの』

言葉の通り凜に関心を抱いたのか、興味深そうな口調で神岩は言った。

「あなたにとっては、生命力が得られればいいはず。血ではなく、寿命という形なら胸焼けもしないでしょう？　それで二輪、瑤姫草をくださいませ」

緊張しながら進言すると、やっと我に返ったらしい狸が凛の足元に寄ってきて首をぶんぶんと横に振った。

「だ、だめじゃよお嬢ちゃん！　わしなんかのために十年も寿命を縮めてしまっては！」

「あなただけのためじゃないですよ。お孫さんのためでもあります。私はまだ若いんですから、十年縮むくらいどうってことはないです」

微笑んで狸に言葉を返す凛だったが。

――実際はどうってことないとは言えない。私が十年も寿命を失ったら、きっと伊吹さんは悲しむ。

ただでさえ、人間はあやかしよりも寿命が短い種族だ。事故に遭ったり大病を患ったりしない限り、きっと凛は伊吹よりも先に命を落とす。

つまり伊吹と過ごす十年を丸々失うのだ。事実を知ったら、伊吹は悲しむどころか憤るかもしれない。

――だけど伊吹さんは、私の信じる道を進めと言ってくれた。

洞窟に入る直前に優しく口づけをしながら告げられた彼の言葉を、凛は脳内で鮮明に蘇《よみがえ》らせる。

ここで狸を見捨ててしまったら、凛はそんな自分自身をこの先信じられなくなる。

それに、慈悲深く『最強』の称号を持つ鬼の若殿である伊吹だって、同じ状況に陥ったらきっと狸に手を差し伸べるに違いない。

——きっと伊吹さんならもっと上手な方法が思いつくのだろうけど。私には、これしかできなそうだもの。

『確かに私はそれで問題ない。お主が小盃一杯の血と寿命十年を献上すれば、瑤姫草は二輪くれてやる。狸からはなにも奪わん』

神岩が自分の提案を受け入れてくれた。

心からの喜びを感じる凛。

「よかった、ありがとうございます」

『……しかし、いいのか？　私には十年など一瞬だが、人間には決して短い時間ではないだろう？　こんな出会ったばかりの死にぞこない狸のために、お前の大切な十年を捨てるのか？』

それまで不遜な物言いだった神岩が、神妙な口調で尋ねてくる。彼にとっても凛の申し出はとても意外だったらしい。

「……いいです。そうすれば狸のおじいさんも孫娘さんも悲しまない。それにもしここで狸さんを見捨ててしまったら、私はそんな自分自身を許せず一生この件を引きずると思います。だからこれが最善の方法なんです」

凛は神岩を真っすぐに見つめながら断言した。すると。

凛の行動に驚いていた狸も、威厳に満ちあふれていた神岩も、どんどん色が薄くなっていったかと思えば、忽然《こつぜん》と姿を消した。

眼前に残ったのは、瑤姫草たった一輪だけ。

「いったい、どういうこと？」

一変してしまった周囲の景色に驚いた凛だったが、一応瑤姫草を拾ってきょろきょろしていると。

「……ふ。久しぶりにいいものが見れたのう」

なんと凛の来た道から甘緒が現れたのだった。不敵な笑みを浮かべ、彼女は凛を眺めている。

「あ、甘緒さん？　いったい、これは……」

状況がまったく掴めていない凛が尋ねると、甘緒は眉間に皺を寄せた。

「機転が利くかと思えば、物わかりは悪いのじゃな。……瑤姫草は神の草じゃ。手に入れたいと願う者に幻を見せて心の試練を与えるのじゃよ。つまり、老いた狸の存在も神岩の申し出も、すべてが幻」

「幻……？　今までのが、全部……？」

にわかには信じられなくて、凛は掠れた声を漏らす。

「だからそうだと言っておるじゃろ。貴様が瑤姫草を手に入れるにふさわしいと判断されたから、幻はすべて消滅したというわけじゃ」

甘緒の言葉を聞いているうちに、だんだん状況を把握してきた凛。

――つまり、すべては私の心を試すためだったということ？

孫娘のために命を捨てようとした老狸に対して、凛がどういった行動を取るのか。きっとそれを瑤姫草に見られていたというわけだ。

「しかし、まさか自分の寿命をあっさりと投げるとはな。時間が経ってからもう一度狸のために貴様が取りに行くなど、瑤姫草を二輪手に入れる方法なんていくらでも他にあったと思うが」

「あ……なるほど。必死すぎて全然思いつきませんでした」

甘緒に言われ、確かにそうだと納得しながら凛が答えると、甘緒は目をぱちくりさせて凛を眺めた後、破顔した。

「はははは！　貴様は本当におもしろいな」

「え……そ、そうですか？」

終始真剣に行動していたつもりだったから、なにを甘緒がおもしろがっているのか全然わからない。凛はきょとんとしてしまった。

「ふふ。しかしここ最近やってきた瑤姫草を欲する者たちは、他者の不幸など見て見ぬふりをする者ばかりだった。同じような試練が与えられた者の中には、自分の分の瑤姫草を奪われまいとするために現れた時点で狸を殺害した者、狸の寿命と引き換えに自分は無傷で瑤姫草を手に入れようとする者……そんな奴もおったわ。もちろん、そいつらは不合格だったがのう」

「……そうなのですか」

きっと、その非道な者たちは誰かを助けるために瑤姫草を手に入れようとしたのではないのだろう。瑤姫草を売って荒稼ぎでもしようと目論《もくろ》んでいたに違いない。

——だって、誰かを救うためにここに訪れたとしたら、あの狸さんの気持ちに寄り添えるはず。

「千年以上も生きながらえているが、貴様のようなおもしろい女子《おなご》に出会えるとは。まだまだこの世も捨てたものではないな」

「え……あ、ありがとうございます」

どうやら褒められているらしいので戸惑いながらも凛が礼を言うと、甘緒は目を細めて微笑んだ。

「よかろう。貴様は瑤姫草をその手で掴み取った。約束通り、我の御朱印を押してやろうぞ」

「……は、はい！」

偏屈者で、誰にも心を開かないと聞いていた甘緒から御朱印を賜らなければいけない状況に陥り、いったいどうなってしまうのか、しかし頑張るしかない……とずっと気を張っていた凛。

どうにか目的の瑤姫草と甘緒の御朱印を手に入れられる運びとなって、安堵と歓喜が胸を襲った。

そして、「ひとまずここから出るぞ」と言った甘緒と共に洞窟の外へと向かった。

「凛！　とにかく無事でよかった……！」

洞窟から出た瞬間、入り口で帰りを待ちわびていたらしい伊吹が勢いよく凛に抱きついてきた。

「は、はい」

相変わらず伊吹からの全力の抱擁は力強く、胸に圧迫感を覚える。しかしこのちょっとした苦しさを覚えるたびに、凛は幸せを感じるのだった。

「見事に瑤姫草を手に入れたのだな！　さすがは俺の凛だ」

凛が後生大事に持っていた瑤姫草を見つけて、伊吹がほくほく顔で微笑む。『俺の凛』という響きがとても甘美で、凛は性懲りもなく照れ笑いを浮かべた。

「ええ、なんとか」

「危険な目には遭わなかったか？　甘緒が『そろそろ試練が終わる頃だ。様子を見てくる』と俺に告げて洞窟内に入っていった時は、試練など凛は大丈夫だろうか……と心配になってしまったよ」

「いえ……。危険などはなにもなかったです。心の試練でしたので」

「そうか！　それはよかった」

伊吹とそんなやり取りをしながらも、詳細は墓場まで持っていくことにしようと心に決める凛。

──やっぱり、自分の寿命を十年神岩にあげようとしただなんて伊吹さんが知ったら、動揺しそうだものね。

そんなふうに考えていると、甘緒が伊吹と凛を見て渋い面持ちになっていた。

「また貴様らは。隙があればいちゃつきおって」

「まあ、よいではないか。俺たちはまだ新婚なのだ。大目に見てくれ」

呆れたようにぼやく甘緒だったが、伊吹はどこ吹く風で悪戯《いたずら》っぽく微笑む。

すると甘緒は小さくため息をついた後、こう告げた。

「……ふん。とっとと御朱印帳を出さないか。約束通り、我の印を押してやると申したであろう」

「は、はい！」

慌てて答えてから、懐にしまっていた御朱印帳を凛は取り出した。

『高潔《こうけつ》』の紅葉、『凶夢《きょうむ》』の伯奇《はくき》、『邁進《まいしん》』の糸乃《いとの》、『流麗』の瓢という、名高いあやかしたちから四つの御朱印を押印されている、凛の御朱印帳を。

甘緒は凛から御朱印帳を受け取って開くと、いつの間にやら持っていた自身の御朱印を構えた。

取っ手に虹色の装飾が施された、煌《きら》びやかな印であった。

そして甘緒はその七色に輝く瞳で凛を真っすぐに見据えながら、誓いの言葉を紡ぐ。

「我は『息災《そくさい》』のあやかし甘緒。凛の『息災』を願う心情を認め、生涯同胞であることを誓う」

押された印は、水辺から姿を現しているアマビエが描かれていた。

胴体には鱗《うろこ》が生え、長い髪の間から片目と嘴《くちばし》が覗くその姿は、人間界でも伝承されているアマビエの本来の姿だった。

――甘緒さんのふたつ名は『息災』なのね。

無病息災ともよく言うが、息災という単語は神の力で衆生の災をなくすという意味だ。

伊吹の話では、薬師の甘緒は長い間治療法の見つからなかった病に効く薬を、いくつも調合しているらしい。

病に苦しむあやかしを幾度となく救っている甘緒には、これ以上ないくらいに似つかわしい称号だろう。

「ありがとうございます、甘緒さん！」

五つ目の印が押された自身の御朱印帳を見て感極まった凛は、深々と甘緒に頭を下げる。

すると甘緒は「うむ」と頷いた後、驚くべき言葉を放った。

「我は当初の約束を守ったまで。……なあ、夜血の乙女よ」

「え……!?」

思いがけないひと言に、凛は驚きの声を漏らす。

今まで甘緒が御朱印を押印するのを静観していた伊吹も、驚愕した様子で目を見開いていた。

凛が人間であることは、できる限り隠すようにしている。今まで御朱印をくれたあやかしの中でも、凛の正体を知っているのは自ら察した瓢のみだ。

もちろん甘緒にも、いっさいそんな素振りは見せていない。伊吹の口づけによる鬼の匂いだって、しっかりと凛にはついているはずである。

「ふん。我をあまり舐《な》めるでない。こっちは千年以上もこの世にいるのだ。鬼の残り香くらいで、我の目がごまかせると思うなよ」

凛と伊吹の様子が不満だったのか、甘緒は不機嫌そうに物申す。

伊吹は諦めたかのようなため息をついた後、神妙な顔つきになった。

「……そうだな。あなたは神に片足を突っ込んでいるような偉大なあやかしだ。確かにあなたが見抜いた通り、凛は夜血の乙女であり、人間だ。しかしこの件は内密にしていただきたい」

「そなたらの事情くらい、いちいち説明されんでもわかる。安心しろ、誰かに暴露するつもりはいっさいない。そんなことしたって我にはなんの得もないしな。ひとつ、夜血の乙女に忠告したかっただけだ」

伊吹の言葉を遮って甘緒が言うと、凛を真っすぐに見据えた。

「わ、私に忠告ですか……？」

なんだろう、心して聞かないと……と、緊張してしまう凛。

甘緒は頷いた後、口を開いた。

「貴様の身に宿っている夜血についてだ。鬼ともっとも相性のいい血であるとは知っていると思うが、鬼以外のあやかしや人間にもその効力はある」

「えっ、そうなのですか？」

そう答えながら、幻の中で瑤姫草の生えている神岩から告げられた言葉を思い起こす凛。

──うまそうな血、栄養過多だとおっしゃっていたわ。

「貴様の血の治癒効果、栄養分はそんじょそこらの薬や栄養剤など話にならないほどの濃度がある。体内の悪いものに対して浄化作用が働くという伝説もあるな。貴様の正体に気づきかけているあやかしは、もうすでに貴様の血を狙っておるだろうな。……心しておくがよい」

意味深に言葉を紡ぐ甘緒。

凛の頭にあるあやかしの姿が浮かび、背筋が冷たくなった。

──椿《つばき》さん。たぶんあの人は、私の血を狙っている。

牛鬼《ぎゅうき》の椿は、事あるごとに凛に絡んできては怪しい素振りを見せてくる。凛の正体をほぼ確信しているような言動も多い。

それに、伊吹が先日話していたのだが、実は椿は古来種寄りの考えを持っているらしい。ひょっとしたら、今回の誘拐騒動にも絡んでいるのではないだろうか。

今以上に気を引き締めなければ。

「ご忠告ありがとうございます、甘緒さん」

「ふん。もうひとつついでに忠言しておこうか。最近心根の腐っている者たちの動きが活発になっているようじゃの？」

ちらりと伊吹の方を見て尋ねる甘緒に、伊吹は頷く。

「そうなのだ。鬼門の警備が緩み、人間が立て続けに誘拐されている。古来種が関わっているのではと」

「俗世のことなど我は興味がない。しかし最近、我の育てた薬草のひとつが盗まれていた。使いどころを間違えば呪いにもなる危険な草じゃ。そやつがなにに使うために盗んだか考えるだけで腹立たしい」

半眼になり不機嫌そうな面持ちをする甘緒。

「薬草が？　呪いにもなるなんて、なんていう薬草なのです？」

「樹木子《じゅぼっこ》じゃよ。……鬼の若殿ならどんな草か知っておるだろう？」

凛は初めて聞く名前だったが、甘緒の言葉通り伊吹は承知しているらしく、途端に強張った表情になった。

「樹木子か……。凛、樹木子の葉は少量なら効き目の強い栄養剤となる貴重な薬草だ。しかし、体内にその成分を大量に摂取すると、獣のように欲望が強くなる呪いがかかってしまう。例えば、それまで人肉を食べたいという欲がまったくなかったあやかしでも、人の肉を食らいたくてたまらなくなるくらいにな」

「えっ……！」

想像以上に恐ろしい樹木子の効能に凛が戦慄していると、伊吹が説明を続けた。

「しかも、それだけじゃない。その欲望の呪いがかかったあやかしが、生物を食らった場合だが……。その生物の記憶を吸収し、果てはその能力まで自分の物にできるようになるのだ。古代の伝説に、樹木子を自ら食らってさまざまな者の能力を手に入れようとした者の逸話も残っている」

「昔のように人間を思う存分食らいたい、強いあやかしがすべてと考える古来種からしたら、樹木子は喉から手が出るほど欲しいものじゃろうな」

伊吹の話に、ため息交じりに甘緒がそう付け加える。

「では、古来種側のあやかしが樹木子を盗んだと……」

至った考えを凛が呟くと、伊吹は「おそらくな」と頷いた。

「そういうわけじゃろう。古来種だの誘拐だの、我には関係ないがな。しかし丹精込めて育てた薬草を盗まれるのは我慢ならぬ。貴様らで早くそいつらをなんとかせい。我が御朱印を授けたのじゃ、それくらいこなしてくれないと困るわ」

甘緒は相変わらず不遜な態度と口調だったが、その言葉には明らかに自分たちへの激励が込められていた。

――そうよ。滅多に御朱印を押すことのない甘緒さんが、私を認めてくれたのだから。私は伊吹さんと共に誘拐された人たちを助ける義務があるわ。

そして妹の蘭を、一刻も早く救い出さなくては。

「ありがとうございます、甘緒さん」

「……ふん。そんなに何度も礼を言わなくてもいい。用が済んだらさっさと立ち去れ。我は忙しいのだからな」

凛につっけんどんに言い放つと、甘緒は背を向けて自宅の方へと歩いていってしまった。

「きっと照れているのだよ、あれは」

そんな彼女の後ろ姿を眺めながら、伊吹が微笑む。ちょうど同じように思っていた凛も、「そうですね」と同意した。

第四章　『秩序』の阿傍

あくる日、紙に包んだ瑤姫草を後生大事に抱えて、伊吹と共に阿傍の住まう狛犬の屋敷へと向かった。

お伽仲見世通りを肩を並べて歩いて通り過ぎ、ちょうど屋敷が見えてきた時だった。

「伊吹と凛じゃんか！」

背後から、若い女性の声に呼び止められて立ち止まるふたり。

「糸乃ちゃん！」

振り返ると現れたのは絡新婦《じょろうぐも》のあやかしである『邁進』の糸乃だった。

濃い目の化粧は華やかで、赤いポイントカラーで彩られた波がかった顎下の長さの黒髪が風になびいている。

そして大きな蜘蛛《くも》が描かれた色彩豊かな赤紅色の着物と、前髪を飾る蜘蛛の巣がモチーフの髪飾り。

相変わらず派手で個性的な出で立ちだが、気の強そうな彼女にはどれもとてもよく似合っていた。

ちょうど、糸乃の美貌に目を引かれたらしい通りすがりの若い男性がちらりと彼女を横目で見る。

そんな糸乃は、伊吹の幼馴染であり彼をずっと慕っていた。

突然現れて伊吹の嫁になった凛を一時は目の敵にしていたが、凛が命がけで彼女を救った一件があり、その後は友人としてよい関係を築いている。

遠い昔の話だが、絡新婦は人間の男を魅了しその肉を食らっていた伝承がある。絡新婦は人肉を好む種族なのだ。

しかし現代を生きる絡新婦たちは、美しい容姿とその魅了の力を生かし、モデルや女優などの華やかな職業で活躍している者が多かった。

だが糸乃は、華美な容姿を生かす職には就いていない。

凛と出会った頃は医療従事者を目指していると言っていたが、最近看護師として働くようになったとついこの間電話で話したのを覚えている。

絡新婦の糸には魅了の効果だけでなく、傷を癒す治癒効果が備わっていたことを糸乃が偶然発見し、それを生かす職に就いたのだ。

「凛ー！　ちょっと久しぶりだねっ。元気そうじゃん！」

友人との偶然の再会に心を躍らせた様子の糸乃は、凛に手を伸ばした。思わぬ場所で糸乃の顔を見られて嬉しさを感じていた凛は、糸乃と手を合わせる。

「糸乃ちゃんも！」

「うむ。相変わらず威勢がいいな」

糸乃と長い付き合いの伊吹も、朗らかに微笑んでいる。

「うん、あたしは元気に看護師やってるよー。てか、ふたりはこんな町外れでなにしてんの？　あたしは訪問看護に行く途中だけど」

「ほう、仕事に行くところだったのか。この辺りの家か？」

「うん。あそこだよ。狛犬の阿傍さんのとこ」

糸乃が指で指し示した家が、まさに凛と伊吹も今から向かおうとしていた場所だったので、ふたりは顔を見合わせた。

「えっ、なに驚いてんのふたり。まさかあんたたちも阿傍さんに用事？」

「う、うん。そのまさかなの、糸乃ちゃん」

「えー、奇遇だね！」

偶然に驚く糸乃に、伊吹が一歩近づいてこう尋ねた。

「糸乃、訪問看護をしに行くと今言っていたな？　もしかして阿傍の夫の看護ではないか？」

「えっ……。そうだよ。ふたりも阿傍さんの旦那さんが寝たきりなの知ってたんだね。ほら、旦那さんずっと意識がないからさ……。衣擦《きぬず》れ防止に寝返りうたせたり、点滴したりしに行ってんだよ。阿傍さん、今妊娠しているから大変みたいで」

「阿傍さん、やっぱりお腹に子がいたのね……」

凛はしみじみと呟く。

仕草や着物の着こなしから凛はそう予想はしていたが、まだ確信までには至っていなかった。

しかし、看護師として阿傍の屋敷へと通っている糸乃がそう言うのなら間違いないだろう。

「まあそういうわけ。で、ふたりは阿傍さんになんの用事があるの？」

首を傾げながら糸乃が尋ねてくる。

伊吹は彼女に事情を話すかどうか迷ったようで、少しの間考え込むような顔をしていたが。

「結構込み入った話になるのだが、実はな――」

事の顛末《てんまつ》を隠さずに糸乃へと説明し出した伊吹。

凛に御朱印を授けてくれた、言わば魂の同胞である糸乃を彼は心から信頼しているのだろう。

「人間の誘拐事件、鬼門の警備……。なるほどね。まさか阿傍さんにそんな事情があったなんて……」

話を聞いた糸乃は、神妙な面持ちになって呟く。

「そうなの。それで私たちは手に入れた瑤姫草を、阿傍さんの元へと持っていくところだったんだ」

「そっか。瑤姫草ならあたしも知ってるよ。きっとそれで旦那さんも治るはずだ。よかったよ」

凛の言葉を聞いて糸乃は微笑む。看護師として世話をしていた分、阿傍の夫の回復を心から祈っていたのだろう。

「あ、思い出した。その、横流しされてる未承認の薬なんだけどさ。あたしに隠れて阿傍さんが旦那さんに投与してたから気になって。だからこの前隙を見て、ゴミ箱に捨てられていた空袋を失敬してきたんだけど」

「糸乃ちゃん、すごい」

糸乃の行動力に感心する凛。

「記号番号を調べたら、確かに旦那さんの病の進行を遅らせる未承認の薬だったよ。だけど、治験すら始まっていなくって量産されていない薬だから、相当手に入れるのが難しいやつなんだ。だから阿傍さんに横流ししてるのが誰なんだろうって、あたし心配になっちゃってさあ」

「なるほど。結構な大物が裏にいるかもしれないということだな」

伊吹の言葉に糸乃は頷いた。

「うん。阿傍さん、変なことに巻き込まれているんじゃないかって不安になってたんだ。でも、あんたたちの話を聞いて納得したよ。弱みに付け込まれて鬼門を開けさせられていたんだね。許せないねえ」

糸乃の目つきが鋭くなる。夫を案じる身重の彼女の姿を普段から見ているからこそ、卑劣な取引相手に憎しみが湧くのだろう。

「うむ。古来種寄りのあやかしが組織ぐるみで人間を誘拐している可能性を俺たちは考えている」

「だけどこれでもう、阿傍さんが不本意に鬼門の警備を緩める必要はなくなるね。さ、早く瑤姫草を持ってってあげよう！」

「うん、そうだね！」

糸乃の声がけに、凛は意気揚々と答えた。

そして、狛犬の屋敷へと三人が入ると。

「え、なぜ糸乃さんとふたりが一緒に……？」

糸乃を玄関まで出迎えに来た阿傍が、一緒に現れた伊吹と凛に向かって怪訝《けげん》な顔を向けた。

「このふたりはあたしと仲のいい友達で……って、そんな話はどうでもいいんだよ。凛、早くあれを見せてあげて！」

「うん！　……阿傍さん、これを」

糸乃に促された凛が、瑤姫草を包んでいた紙を開いていく。

それまで訝《いぶか》しげな面持ちだった阿傍だったが、紙の中から現れた物を目にした途端、表情を一変させた。

「こ、これは……！」

甘緒から御朱印を授かってこいと凛に言いつけた阿傍なら、瑤姫草についても調べ尽くしていたはずだ。

きっとひと目見た瞬間、それがなんなのかを彼女は理解しただろう。

「そうです阿傍さん。……これは瑤姫草です。あなたに差し上げるために持って参りました」

静かに凛が告げると、阿傍は目を見開き凛を見つめた。

「よ、よいのか？　こんな貴重な物を私に……。私は、そなたたちにあんな暴言を吐いたというのに」

気後れした様子の阿傍だったが、凛は首を横に振る。

「あなたの事情は、弟の火照くん、糸乃ちゃんに聞いてだいたい把握しております。私たちにつらく当たったのは理由あってのこと。……いえ、今はそんな話よりも、早く旦那さまに瑤姫草を」

「煎じて飲ませればいいはずだよ。あたしがやってあげるよ」

糸乃が名乗り出ると、阿傍は涙ぐみ、その場にしゃがみ込んだ。

「すまない……私は、鬼門の門番として失格だというのに……」

「……もうよいのだ、阿傍」

屈んだ伊吹が阿傍の肩をポンと叩き、優しく声をかける。

するとそれまでずっと抱えていた不安やら緊張の糸やらが解れたのだろうか。阿傍は子供のように声を上げてその場で号泣した。


その後、糸乃が瑤姫草を煎じてできた薬液を阿傍の夫に飲ませた。

すると阿傍の夫はすぐに目を覚ました。

泣いて歓喜する阿傍を見て、心からよかったという気持ちを凛は噛みしめる。

何カ月も眠っていたせいか、夫は布団から起き上がれなかった。しかし徐々にリハビリをしていけば元の日常生活に戻れるはずだ、と糸乃は阿傍に告げた。

「伊吹も凛ももうとっくに存じているとは思うが、私は夫を生かす薬を得るために鬼門の警備を緩めていた。先日はそれを偽った上に突っぱねて、さらに凛を中傷するようなことを申してしまい、謝っても謝りきれぬ。こんな私を助けてくれてありがとう」

そんなふうに何度も御礼と謝罪を述べた後、阿傍はこんな提案をしてきた。

「ささやかだが、そなたらにお礼をさせてくれないか。食事を振る舞おう。糸乃さんも、もちろん一緒に。少しでも罪滅ぼしさせてくれ。知りたがっていた鬼門の件も詳しく話そう」

蘭を救うため、知りたいことが山ほどあった凛は、伊吹と糸乃と共に阿傍の言葉に甘えることにした。

すぐに狛犬の屋敷の大広間で、宴が催された。

屋敷の専属の料理人がこしらえた料理が、阿傍の付き人によって次々に広間へと運ばれてくる。

四人で乾杯をし、料理をそれなりに楽しんだ後、凛は阿傍に本題を切り出した。

「実は、私の人間の知り合いで行方不明になった人がいるんです。私は一刻も早く、その人を助けたくて」

「最近多発している人間の誘拐事件だが。鬼門の警備が緩んだ時期から増え始めたのは明らかだ。阿傍も知っておるだろう？」

凛の言葉に、伊吹が神妙な面持ちで付け加える。すると阿傍は、心底申し訳なさそうな表情でこう答えた。

「すまない。私はただ、警備を緩めていただけだ。行方不明事件にはまったく絡んでおらず、なにもわからない」

「……そうなのですね」

しかし凛もそれは予測していた。

もともとの阿傍は、生真面目で曲がったことが嫌いな性格らしいと伊吹から聞いていた。そんな彼女が、家族を守るとはいえ、さすがに人間を誘拐するなどという卑劣な悪事にまで手を染めるとは考えられなかった。

「まあ、私に警備を緩めさせた奴らがなにをしていたのかの想像はついていたがな……。夫かわいさのあまり、見て見ぬふりをしてしまっていたのだよ。私は本当に鬼門の門番として失格だな」

そう続けた阿傍は、自嘲的な笑みを浮かべている。心の底から自身の行いを悔いているのだろう。

そんな阿傍に、凛は柔らかい声音でこう言った。

「いえ。だって阿傍さんは、お腹にお子を宿しておりますから。その子のために父親を守りたいと思う気持ちも、愛する夫を病から救い出したいと願うのも、当然ではないでしょうか」

「そうだ。あなたは母親として、妻として、逃げ場のない状況だったのだろう。あまり自分を責めるな」

凛に続いて、伊吹も阿傍に優しく声をかける。

凛は、今日一日の間に何度も謝罪と自責の念を口にする阿傍があまりにもいたたまれなかった。きっと伊吹も同じような思いだったのだろう。

すると阿傍は俯いて、ぎゅっと拳を握りしめた。少し肩が震えている。

「……ありがとう、ふたりとも」

放たれた阿傍の言葉は、明らかな涙声だった。

しかしきっと、これで阿傍は以前のように厳しくも凛々しい門番に戻るはず。もう人間がかどわかされる事件が激減することはまず間違いない。

だが問題は、すでに誘拐された人間たちについてだ。

「阿傍。それであなたに薬を融通していたのは、いったい誰なんだ？」

「実は……誰だかわからないんだ」

伊吹の問いに、阿傍が困った顔をして答える。さらに彼女はこう続けた。

「夫が病に臥《ふ》せって途方に暮れていた頃だ。部下に任せていた鬼門の様子を見に行った時に、覆面をしていた男に話しかけられたのだ。夫の病気に効く薬をやる、その代わりに鬼門を自由に出入りさせろと。最初はそんなことできぬと突っぱねたのだが……。夫と同じ病にかかったあやかしで生きながらえた者はいないのだぞ、お前は夫を見捨てるのかなどと、何日にもわたって言われ続けてな。私は心が折れてしまったのだ」

「ひどい……」

阿傍の話を聞いて、思わず憤りの声を凛は漏らす。

もし同じ状況に陥ったとしたら、きっと自分だって藁にもすがる思いでその怪しい男から薬を受け取っただろう。

「……なるほどな」

顎に手を当て、考え込みながら伊吹が答えた。相手もそう簡単に素性が割れないよう注意を払っているようだ。

「その後も、そいつと薬の受け渡しは何度か行っているのか？」

伊吹が尋ねると、阿傍は頷く。

「そうだな。この近くで落ち合って、定期的に受け取っている。……あっ、折しも明日が受け取りの日だ」

「なんだ、じゃー簡単じゃん！　明日そいつをあたしたちでとっ捕まえてさ、脅して素性を吐かせればいいってわけだねっ」

物騒なことを調子よくのたまう糸乃に、凛は「強いなあ、絡新婦……」と感心した。

「ま、まあ簡単に言うとそうだな」

伊吹も呆れたように笑う。

「……うむ。では今日は三人ともここに泊まっていくといい。ゆっくり休んで明日に備えよう」

そう提案する阿傍に、伊吹は笑みを浮かべて答えた。

「それはありがたい。お言葉に甘えるとしようか、凛、糸乃」

「はい。ありがとうございます、阿傍さん」

「あたしまでありがとね〜」

凛と糸乃も、もちろん異論はない。こうして三人はその日、狛犬屋敷に宿泊する運びとなった。


宴が終わって夜も更けた頃、入浴を終えた凛が屋敷の渡り廊下に座り、庭園を眺めて涼んでいたら。

「凛。風呂にはゆっくり入れたか？」

阿傍に声をかけられた。

相変わらずゆったりと着物をまとっていたが、立ち姿の彼女の腹部は座っている時よりも目立って見える。妊娠五カ月といったところだろうか。

「はい、阿傍さん。広くてとても体が温まりました」

笑顔で答えると、阿傍も笑みを浮かべて凛の隣に腰かけた。

「そうか、それはなによりだ。おかげさまで、夫の意識もどんどんはっきりしてきている。彼は私の妊娠がわかる前に意識を失ってしまった。私が子を宿していると知って、大層喜んでいたよ」

「それはよかったです！」

下手をすると、阿傍の夫は父親になれる喜びを知らないまま眠り続けてしまっていたかもしれないのだ。

そう考えると、凛は嬉しさが込み上げてきた。

「凛と伊吹のおかげだ。感謝してもしきれん」

そう言った阿傍は、片手でお腹を二、三度さすった。

あまり妊婦と触れ合った経験のない凛は、彼女の体内に新しい命が宿っていることが、なんだかとても特別に感じられた。

「……あの。阿傍さん。変なことをお伺いしてもよろしいでしょうか」

「ん？　なんだ」

「愛する人の子供を授かるって、いったいどんなお気持ちになるのですか？」

阿傍はきょとんとした面持ちになった。きっと、彼女がまったく想定していなかった質問を凛はしてしまったのだろう。

「あ、あの。本当に突拍子もない話をしてすみません……」

阿傍の反応に、尋ねたことを後悔した凛はつい謝罪の言葉を口にする。すると阿傍は小さく微笑んで、首を横に振った。

「ふっ、構わぬ。鬼門の件や誘拐事件の話かと身構えていたから、少々驚いただけだ。そうだな。私も初めての妊娠だから不安ばかりだ。そんな思いを夫にも言えない状況だったし、気づいたら涙が出てくる日々だった」

「阿傍さん……」

愛し合った夫婦に子供ができた場合、きっと妊娠期間中は夫が身重の妻を支え、子が誕生するまでの不安や希望を共有し、共に出産を迎えるものなのだろう。

しかし阿傍はそのタイミングで夫が病に臥せってしまって、すべてをひとりで抱え込むしかなかった。

気丈な彼女でも、恐怖に打ちひしがれそうな日々だったに違いない。

「……だがな。それでも勝手に腹は大きくなる。まだ生まれてはいないが、確かにこの子は私の中で成長していたのだ。私と夫の分身がな。そう考えると、簡単にへこたれるわけにはいかないなと思えた。そして夫が目覚めた今は、単純に幸せしか感じられないよ」

目を細めて自分の腹を眺めながら、しみじみと語る阿傍。その優しい眼差しには、深い慈愛が込められていた。

「すごい……。もう阿傍さんは、お母さんなのですね」

感慨深い気持ちになりながら凛が言うと、阿傍は照れたように微笑んだ。

「はは、まだ生まれてもいないというのにな。この子が生まれた後に自分がどんな気持ちになるのかは、まだ正直想像もつかぬ。子育てはどんなに妖力の強いあやかしにとっても難儀だという噂だから、きっと大変なことばかりなのだろうな。しかし子供に手を焼いて困っている自分を想像して湧き上がってくるのは、幸福感ばかりだ」

「幸福感ばかり……」

妊娠すらまだ遠い未来である凛にとって、その幸福感はまったく想像ができない。

しかし柔らかい口調で幸せを語る阿傍を見て、単純にうらやましい気持ちになった。

「もしや凛、子を成そうと考えているのか？　そなたはまだ若いようだが」

凛の質問内容と反応を見てそう察したらしい阿傍が尋ねてきた。

「あ、えっと。そのうち、いずれは……」

戸惑いながらも凛は答える。

自分が子を授かるためには、解決しなければならない問題が山積みだ。遥《はる》か先のことになる可能性もあったので曖昧な言葉しか出てこない。

「そうか。しかし焦っても仕方がないからな。凛だけの問題ではないし。まずはそれぞれの気持ちが大切だろう」

凛の返答に、まだ具体的に子を考えている段階ではないと察したらしい阿傍が穏やかな口調で言う。

「そうですね。ありがとうございます、阿傍さん」

その阿傍の優しさが身に染みて、凛は心からの礼を述べた。

伊吹も、焦る必要はないと以前に話していた。御朱印を集めてから夫婦らしいことをしたいと。たぶん今、子に関する話を彼にしたとしても、同じような言葉が返ってくるだろう。

――だけどもし、御朱印集めにすごく時間がかかったとしたら？　何年も、何十年も……。

もしそうなったら、愛する伊吹が自分の子を抱く機会をなくしてしまう未来になりかねない。

自分の至らなさで伊吹から当たり前の幸せを奪うかもしれないと思うと、やはり凛は不安を覚えるのだった。

「時に凛よ。甘緒から御朱印はもらったのだな？」

不意に意外なことを阿傍から尋ねられ、伊吹との子の件で頭がいっぱいだった凛は我に返り慌てて答える。

「えっ……！　あ、はい。いただきました」

――そういえばもともと、甘緒さんから御朱印をもらってくるよう阿傍さんに言われていたんだっけ。

しかし、阿傍も瑤姫草欲しさに凛たちにそんな難題をけしかけたのだ。一段落してから彼女が話題に出してきたということは、やはり御朱印については大して重要視していなかったのだろう。

そう考えた凛だったが、阿傍は真剣な面持ちで尋ねてきた。

「そうか。まあ、瑤姫草をそなたが持ってきたからには、甘緒からの御朱印も賜っているはずだものな。それでは今、自分の御朱印帳は持っておるのか？」

「はい、持っています」

一応肌身離さず持つようにしている。溜まった御朱印帳を盗んで自分の物にする卑《ひ》怯《きょう》なあやかしもこの世にはいるらしいと聞いてからは、特に気をつけていた。

──まあ、私のはまだ五つだから、盗人さんもそこまで狙わないだろうけど。

「そうか。それならばちょうどよかった。私の御朱印もそれに押してやるから出すがよい」

「え……!?」

あっさりととんでもないことを阿傍から告げられて、驚愕のあまり凛は固まった。

御朱印の押印は、魂の同胞となる誓い。むやみに押してはならないというのが、あやかし界の常識なのだから。

「えっ。阿傍さんが、私に御朱印を……？」

いまだに信じられず、動揺しながら尋ねる。その様子がおかしかったのか、阿傍はくすりと笑うと凛をもう一度促した。

「だから、そうだと申しておるではないか。さ、早く御朱印帳を出すがよい」

「で、ですが……。よろしいのですか？　いったいどうして……」

どうやら阿傍が本気で押印してくれるらしいとは理解したが、なぜ彼女がそんな気になったのかはまだ理解できなかった。

すると阿傍は、怪訝な顔をしながらこう答えた。

「むしろ、なぜ不思議に思うのだ？　よいに決まっているではないか。だってそなたは入手困難な瑤姫草を手に入れて、私の夫を不治の病から救ってくれたのだぞ？　最愛の家族を助けてくれたそなたに押さずして誰に押すというのか。もし押さなかったら、逆に私が夫にたしなめられてしまう」

「あ……」

確かに言われてみればそうなのだが。

ただ凛は、無我夢中で自分のできることを行っただけだった。阿傍から御朱印をもらおうだなんて、いっさい考えていなかった。

だから心の準備もなく阿傍から御朱印をいただけるこの状況に、とても驚いてしまったのだ。

でも阿傍側の気持ちを考えれば、夫のために瑤姫草を届けた凛に御朱印を押したいという思いになるのは、ごく自然だろう。

そう考えた凛は、懐から御朱印帳を取り出した。

「……わかりました。阿傍さん。ではよろしくお願いいたします」

「ああ」

阿傍は凛から御朱印帳を受け取ると、持っていた巾着からおもむろに自身の御朱印を取り出した。

湯上がりの凛に話しかける前から、押印すると心に決めて用意していたのだろう。

阿傍は凛の御朱印帳を開き、印を構えて誓いの言葉を紡ぐ。

「我は『秩序』のあやかし阿傍。凛の『秩序』を重んじる心を認め、生涯同胞であることを誓う」

人間界とあやかし界をつなぐ鬼門の門番として、誰よりも規律正しく、決して不正を見逃してはならない存在である阿傍。

今回は家族を守るために、自らその信念を曲げてしまった。本人としても大層不本意ではあっただろう。

しかしもはやしがらみのなくなった阿傍は、鬼門に立ちふさがる頑強な番人として、今後はずっとその責務を全うするに違いない。

彼女は誰よりも秩序を大切にする、誇り高き狛犬なのだから。

「ありがとうございます、阿傍さん……！」

鳥居の前に佇《たたず》む狛犬の姿が描かれている印を見て、感極まった声を上げる凛に、阿傍は柔らかく微笑みかけた。

「今は身重の体だから、私ができることは限られるが……。力が必要になったらいつでも呼べ。全力で手を貸そう」

「はい！　とても心強いです！」

鬼門を守る、由緒正しき狛犬一族の長が味方になってくれるとは。凛にとってはこの上なく頼もしかった。


その夜、阿傍にあてがわれた狛犬の屋敷の一室に伊吹と共に凛はいた。

「まだ凛の妹の行方はわからないが……。状況が一歩進んでよかったな」

ふたりとも入浴を済ませ、そろそろ寝る頃かなと思っていた時、伊吹がそう話しかけてきた。

「はい、そうですね」

凛は微笑を浮かべて頷く。

ちなみに、先ほど阿傍から御朱印を賜ったことを伊吹に伝えたら、『よかったな！』と大層喜んでくれた。そして阿傍の元へ赴いて、丁寧にお礼を述べていた。

まだ行方不明事件の手がかりが掴めたわけではないが、明日阿傍に薬を持ってくる男を捕えられれば、きっとなんらかの糸口が掴めるだろう。

「阿傍は凛の言っていた通り身ごもっていたのだな。なおさら、彼女の夫が回復してよかった」

「ええ、私も心からそう思います。ご懐妊は夫婦でおめでたい気持ちを共有できる出来事なのに、その時に旦那さんが臥せってしまうなんて……。阿傍さんはさぞおつらかったでしょうね」

先ほどの阿傍との会話を頭に蘇らせながら、凛はしみじみと言った。

「そうだな。鬼門の警備を緩めてしまった阿傍の行いは、夫と子供を愛するがゆえだ。そう考えると、俺には彼女を責められない。俺だって凛の命がかかっていたら、同じ過ちを犯してしまうかもしれない」

「伊吹さん……。私だって、たぶん……」

誰よりも大切な伊吹を救うためなら、凛だってどんなことでもする覚悟だ。

凛が同調すると、伊吹は凛をじっと見つめながら近寄ってきた。そして熱っぽい視線を送り、凛の頬に手を添えてきた。伊吹は口づけをする前、いつもこうして凛の頬に触れてくる。

察した凛は、瞳を閉じた。

唇に優しく、そして熱い感触がした。

凛の体温を惜しみなく堪能しようとする伊吹の深い口づけに、頭がぼんやりしてくる。唇だけではなく、凛の体全体が熱を帯びた。

「阿傍の様子を見て、触発されてしまった。凛をますます愛しく感じたよ」

口づけを終えてから、伊吹が美麗に微笑む。心から自分を愛してくれていると感じられる、美しく優しい笑み。

底知れない嬉しさに凛の胸中が支配される。しかし同時にふつふつと沸き起こってきたのは、伊吹に対する申し訳ないという感情。

――伊吹さんは、こんなにも私を大切に思ってくれる。だけど私が人間であるせいで、一生子供を抱かせてあげられないかもしれないんだ……。

「ん？　どうした、凛」

つい浮かない顔をしてしまったようだ。伊吹が首を傾げて尋ねてきた。

『夫婦らしい行いは御朱印を揃えてから』と、どんと構えている伊吹にこの悩みを打ち明けるつもりはなかった。

しかし、最近ずっと悩み苦しんでいたことと、伊吹の優しさと愛を身をもって感じた今、抑えていた凛の気持ちがあふれてしまう。

「……伊吹さんは、私との子供が欲しいですか？」

なんの前触れもない質問に感じられたのだろう。伊吹はきょとんとした顔をした後、こう答えた。

「まあ、いずれは欲しいと思っているが。凛はどう考えているんだ？」

「もちろん私だって、大好きな伊吹さんとの子供が欲しいです。……でも、やっぱり御朱印を集めてからですよね」

「うーん。そうだな、御朱印集めに奔走している間は難しいだろう。御朱印の数が集まる前に凛が人間だと多くのあやかしに知られてしまったら、凛にも子供にも危険が及ぶだろうし……」

伊吹の言葉は想像通りの回答だった。

「はい、わかっております。でも、御朱印を集めるのにすごく時間がかかってしまったらどうしますか？　何年も、何十年も」

言葉を紡いでいる間に凛は涙ぐんでしまった。そんな凛の様子に、伊吹は虚を衝かれたような面持ちになる。

「凛……？」

「もし何十年も経ってしまったら、私は子供を産むのが難しい年齢になってしまいます。伊吹さんに我が子を抱かせられなくなってしまうかもっ……」

ついに凛の双眸《そうぼう》から涙が零れ落ちた。そんな未来を想像するだけで、重い悲しみが凛の胸にのしかかったのだ。

驚いた様子の伊吹だったが、凛をそっと抱きしめ髪を優しく撫で始めた。

「そこまで悩んでいたとは。全然気がつかなくてすまない。俺は凛の夫として失格だな」

「い、いえ！　そんなことはっ。ですが、そう考えたらもう、私はどうしていいのかわからなくて……」

伊吹の深い情愛を感じながらも、途切れ途切れに言葉を紡ぐ凛。

「そうだな、不安になってしまうよな。……あやかし界で俺たちのようなあやかしと人間の夫婦が子供を持つ件について、もっときちんと説明しておけばよかった。今後も御朱印を集める凛のプレッシャーになるかと思って、まだ言わなくていいと勝手に考えてしまっていたよ」

「え……？　どういうことですか？」

意外な伊吹の発言だった。

その口ぶりからすると、あやかしと人間の夫婦が子供を持つことについて、なにか凛の知らない事情があるようだった。

すると伊吹は、丁寧に次のような説明をしてくれた。

あやかしと人間との間に生まれた半妖の子供は、あやかしなのか人間なのかを出生時に役人に判断される。

「俺は、我が子の種族が人間だろうとあやかしだろうと別に構わないが」と伊吹は前置きをしつつ、やはりあやかし界で人間という種族名になってしまうと、半妖の子は生きづらくなってしまうのだと言った。

　実際には体は半妖だから血肉を狙われはしないが、あやかし界において人間に対する差別はいまだに根強いのだ。

　そして、半妖の子があやかしなのか人間なのかの判断基準は、その時の役人のさじ加減で決まってしまうのだという。

　しかし御朱印をいくつも持つ人間が親の場合、役人がその人間に一目置くため、子をあやかしだと判断するケースが多いとのことだった。

「そういうわけで、俺と凛との間に生まれた子供がのびのびとあやかし界で暮らしていくためには、出生時に種族を『あやかし』と判断してもらわなければならないと俺は考えていたのだ」

「……そんな事情があったなんて」

　まったく想像もしていなかった伊吹からの話に、凛は驚いていた。

　愛する伊吹との間にできる我が子、としか考えていなかったため、その子の種族のことまで頭が回らなかったのだ。

「役人は頭の固い奴らばかりでな。いまだにカビの生えたようなあやかし界の風潮を変えたくはあるが、すぐには難しい。そうなると、やはり子を持つのは御朱印を揃えてからがいいのではないかと」

「そうだったのですね……。あの、伊吹さん」

「なんだ？」

「が、我慢はしておりませんか」

なんだか恥ずかしいことを尋ねているような気がして、凛はたどたどしい口調になってしまった。

伊吹は少しの間驚いたような顔をした後、微笑んだ。

「ははっ。正直言うと、すごくしている」

「えっ……！」

素直すぎる伊吹の発言に、反射的に小さく声を漏らしてしまう凛を再び見つめて、伊吹はこう言った。

「今だって、このますぐにでも部屋の明かりを消して凛のすべてを手に入れたいくらいだよ。だけどやはり、俺は君も子供も確実に幸せになる道を歩んでほしいと強く願っている」

「伊吹さん……」

「そう考えると、俺は今のこの状況だって全然苦ではないんだ。凛が御朱印を集めるために、俺はこれからも全力を尽くすよ。それに、障害がある恋愛ほど男は燃えるものなのだ」

冗談交じりで紡がれた伊吹の言葉に、それまで抱えていた凛の不安がどんどん溶かされていった。

「ありがとうございます、伊吹さん」

「俺がやりたくてやっているのだから、礼を言われるまでもないさ。それにな、子供は授かり物だ。ひょっとしたら、俺たちがどうあがいたところでできない場合だってあるだろう。しかし凛とこのままずっとふたりきりというのも、それはそれでとても幸せだと俺は思うのだ」

伊吹と、ずっとふたりっきり。

そんな未来を凛もぼんやりと想像したことはある。ふたりで穏やかに年を重ねていくという将来にも、この上ない幸せを見出していた。

――伊吹さんもそう考えてくれていたのね。私、伊吹さんから子供を持つという幸せを奪ってしまう気がして、焦っていたんだ……。

しかし伊吹は、凛の想像以上にどっしりと構えていてくれた。例え自分たちにどんな未来が待っていようとも、ふたりでいれば幸福には違いないはずと。

「私も……。私も、伊吹さんさえいれば幸せには間違いないですっ……！」

感極まった声でそう言うと、伊吹に抱きつき返した。

そんな凜の背中を伊吹がさする。

なんて温かくて優しさに満ちあふれた感触なのだろう。

——私はこの温もりさえあれば、なにもいらない。

そしてなんだってできる気すらするのだ。

「同じ考えでよかったよ、凜。とりあえず、これまで以上に御朱印集めを一緒に頑張っていこう」

「はい！」

胸のつかえが取れた凜は、弾んだ声で返事をした。

——そうね。焦らず今以上に自分にできることをして、今後も御朱印を集めていこう。

伊吹の胸の中で、凜は改めてそう決意するのだった。

第五章　取引

狛犬屋敷で宴を楽しんだ、あくる日。

凛は伊吹と糸乃、そして阿傍と共に狛犬屋敷近くの裏路地にいた。商店や飲食店の裏側が軒を連ねている道で、ほとんど人通りがない。

そこは毎回、阿傍が正体不明のあやかしから薬を受け渡されている場所だった。予定通りなら、十二時に相手はやってくるはずとのことだ。

阿傍には、いつもの薬の受け渡し時と同じように、路地の真ん中にひとりで立ってもらっていた。

しかしその陰で、伊吹と凛、糸乃は裏路地につながるさらに狭い小路に入り、身を潜めている。

小路はあやかしまたは人ひとりが通るのにぎりぎりくらいの幅しかなく、自分の前にいる伊吹の息遣いが聞こえてくる。

糸乃は、阿傍がいる路地を挟んだ反対側の小路に潜んでいた。そして実はすでに彼女は罠《わな》を仕掛けていた。阿傍の前に何者かがやってきた時に発動できる、絡新婦の糸で編んだ蜘蛛の巣が標的を捕える罠を。

「……来たぞ」

伊吹が声を潜めて告げた。

覆面をした黒ずくめのあやかしが、阿傍の方へと近づいてきていた。そして、阿傍の眼前にまでやってきた時に伊吹が糸乃に向かって頷いた。

「な、なんだ!?」

黒ずくめは驚愕の声を上げたが、時はすでに遅し。蜘蛛の巣が彼に降ってきて、身動きを取れないように体全体に糸が絡みつく。

当然、黒ずくめは糸から逃れようと暴れるが、蜘蛛の糸はもがけばもがくほどまとわりつくのだ。

それに、『邁進』の称号を持つ妖力の強い糸乃が編んだ蜘蛛の巣から、そんじょそこらのあやかしがそう簡単に逃れられるわけはないのである。

「ふふっ、うまくいったね。……えいっ」

小路から出た糸乃が人差し指を男に向けると、絡んでいた糸が動き、まるで縄で縛り上げたかのように綺麗《きれい》に男を拘束した。

——糸乃ちゃん、すごいなあ。

糸乃の蜘蛛の糸に治癒効果や粘着性があるとは知っていたが、こうやって敵に使うところを凛は初めて目にした。

さすがは称号持ちのあやかしだ。戦闘においても、きっと並みのあやかしでは彼女に糸を絡められて終わりだろう。

「見事だ、糸乃」

そう言いながら伊吹も小路から路地へ出たので、凛も後に続く。

「いったいなんなんだよ。ひでーじゃねーか、阿傍さん。もうあんたの旦那に効く薬を持ってこねーぞ」

蜘蛛の糸で縛り上げられながらも、へらへらとした腹の立つ声で黒ずくめの男はのたまう。

男側には阿傍にとって喉から手が出るほど欲しい未承認の薬という切り札があるためか、自分がそんなにひどい目に遭うわけはないと高を括っているのだろう。その様子だけでも、人の弱みに付け込む卑劣な相手だとわかる。

「私の夫の病気はもう治った。瑤姫草が手に入ったからな」

「よ、瑤姫草だと⁉　そ、そんなはずは……！」

男は余裕が感じられていた様子を一変させ、声を震わせる。彼も瑤姫草の入手が困難であるとは存じていたらしい。

そんな男に向かって、阿傍は凛とした声でこう告げる。

「『未承認の薬が欲しければ鬼門を通させろ』という貴様らの脅しに、愚かにも私は屈してしまった。しかし夫が治った以上、もう貴様らに従う必要はない。私は鬼門の門番として、この者たちに協力することにした。人間界を脅かす貴様らの悪事を暴こうとしている伊吹たちにな」

「くっ……」

男が小さく呻《うめ》く。阿傍に対する脅しはもう通じない上に、拘束されて逃げ場がない状態をやっと把握したのだろう。

「そんでさ。あんたはきっとただの使いっぱしりだよね？　誰の命令でこんなことをやってんのさ」

糸で縛り上げられて地面に転がされている男を見下ろしながら、糸乃が問う。

「あ？　そんなもん言うわけないだろうがっ」

絶体絶命の状況だというのに、なおも悪態をつく男。自分を窮地に追いやったのが伊吹を除いて女ばかりだからか、いまだに舐め腐っているらしい。

すると、今まで糸乃と阿傍の背後で静観していた伊吹が前に出る。

「面倒くさい。早く素直に言わんか」

生ゴミでも眺めるかのような軽蔑の目つきで男を見下ろして、伊吹が冷淡な声で彼に告げる。

美しくも威厳のある伊吹の顔を初めてちゃんと視認したらしい男は、びくりと身を震わせた。覆面の上からでも動揺している様子がわかる。

「し、知らねーよ！　まあ知っててても言わねーけどな！」

強がった様子をいまだに崩さない男。すると伊吹がさらに目つきを尖鋭にさせ、屈んで男と目線を合わせた。

「……ふん。そんな態度を取るようなら拷問するとしようか。いろいろ重なって俺は苛立っているのだ。骨を一本ずつへし折ってもいいのだぞ」

覆面の上から男を見据えながら、伊吹が恐ろしいことを言う。冷酷な言葉と威圧感に、彼の傍らにいた凛は思わず身震いした。

──普段の伊吹さんと全然違うわ。

『いろいろ重なって俺は苛立っているのだ』というのは、きっと凛の妹が誘拐された件や、妊娠している阿傍が逃げ場のない状況に追い込まれたことに対して、腹立たしさを覚えているのだろうけれど。

「こわっ……。あんた普段は穏やかだけど、やっぱ鬼の若殿だねぇ……」

容赦のない伊吹の様子に、糸乃も恐怖心を覚えたようで冷や汗をかいている。

「鬼の若殿……!? い、伊吹ってまさか、あの……! す、すみませんでしたっ！どうか命だけはっ」

男が突然、情けない声で謝罪と命乞いをする。

鬼の若殿という偉大な存在が眼前に存在している上、自分を追い込もうとしている現状に、今ようやく気づいたらしい。

男に対して相変わらず虫けらを見るような眼差しを向ける伊吹は、改めて尋ねる。

「別に命まで取るつもりはない。お前が素直に話してくれれば痛めつけるつもりもな。もう一度聞く。お前に命令しているのは誰だ？　鬼門を開け、誘拐事件を起こしている奴は誰なのだ」

しかし男は首をぶんぶんと勢いよく横に振った。

「ほ、本当に知らないんですっ。俺はただ、金をもらって頼まれた仕事をしていただけでっ！　ここで狛犬の女に薬を渡すようにって……」

「くどい。だから、誰からそれを頼まれたのだと聞いてるのだ」

「お、俺、ネ、ネットにあった怪しい高額バイトの募集に申し込んだだけなんすよ！　だから、雇い主との連絡もネットを通じてしかしていなくて！　相手の素性は本当にわからないんだっ」

必死になって主張する黒ずくめの男の様子は、彼が嘘を言っているとは凛には思えなかった。

拷問すると鬼の若殿に脅されている状態で、虚偽を語る勇気がこの男にあるとも考えられない。

「……伊吹さん。彼の言い分は本当なんじゃないでしょうか？」

凛が尋ねると、伊吹は考え込むように少しの間黙った後、こう答えた。

「うーむ……。確かに嘘はついていないようだが、ひょっとしたらこいつが忘れていることもあるかもしれん。そうだ糸乃、念のためこの男を絡新婦の力で魅了してみてはくれないか?」

「あー、なるほどね！　了解！」

伊吹の提案に、糸乃が意気揚々と返事をする。

どうして魅了するのだろう?と凛が不思議に思っていると。

「糸乃に魅了された男は、どんな命令でも聞く。その上なんでも包み隠さず話すようになる。普段は記憶の片隅にあり、うっかり忘れてしまっているような出来事でもな」

「そうなのですか！　糸乃ちゃん、すごいなあ」

「ほう。それは便利な能力だな」

伊吹の説明に、凛と阿傍が感嘆の声を上げていると。

糸乃がしゃがみ込み、至近距離で男を見つめた。糸乃の大きな瞳が赤く妖しい光を宿す。

自分は女性だから魅了は効かないはずだが、それでも彼女の双眸はとても美しく妖艶で、惑わされる男の気持ちが凛にはわかる気がした。

「あ……へ……」

すぐに男が覚束ない声を上げ始めた。糸乃に魅せられて、早速骨抜きにされたのだろう。

「ねーえ？　あんたに命令していた奴に心当たりはないの？」

糸乃が間延びした声で尋ねる。

するとと少し間を空けてから、男が口を開いた。

「知らない、です。顔も名前も、わからない……」

心ここにあらずといった様子で、たどたどしく男が答える。

本当に糸乃に命じられるがまま、洗いざらい自分の記憶にある事柄を打ち明けているように見えた。

絡新婦としての糸乃の実力を改めて感じる一方で、男の返答に凛はひどく落胆する。

──彼から誘拐事件の犯人につながると思っていたのに……。このままじゃ、なにも手がかりが得られなそうだわ。

だがしかし糸乃はまだ諦めておらず、男にこう尋ねる。

「毎回、薬をあんたに渡していたのは誰？　顔は見ていないの？」

「毎回顔を布で覆っているからわからな……。……いや、そういえば、一度だけ。最初の一度だけ、少しだけ顔が見えた」

「マジ？　どんな奴なの？」

「恐ろしく美しい、まるで女のような顔をした男……。長い銀髪の髪をしていた……」

恐ろしく美しい顔、銀髪の髪。

それらの特徴を聞いて、一瞬である人物が凛の頭に思い浮かんだ。伊吹もハッとしたような顔をしている。

「伊吹さん。まさかその男って」

「椿か……？」

やはり彼も凛が思いついたのと同じ人物ではないかと考えたらしい。

「椿って牛鬼の？　あの人の会社、最近医療系にも手を出しているよね」

「……あっ、そういえば、鬼門の周りで椿がうろついていたのを以前に私も見た覚えがあるぞ」

糸乃と阿傍が神妙な面持ちになって言う。

もう用が済んだ黒ずくめの男は、糸乃が意識を失わせたようで眠っていた。

「俺も、椿の会社が医療関係に手を広げ始めたという記事を新聞で見たな。そして鬼門近くでの目撃証言か……。それらを総合すると、今回の一件にあいつが関わっている可能性は非常に高いな」

確かに伊吹の言う通り、椿の立場ならば会社のつてを使って未承認の薬を手に入れるのは造作もないはずだ。

それに彼は古来種寄りの考えを持っているとの噂だってある。

以前、野ウサギ狩りに興じながら『人間相手にこうしていたご先祖様がうらやましいよ』と、楽しげな面持ちで凛に語っていたこともあった。

間違いなく椿は、昔のあやかしのように人間を好き勝手にいたぶりたいという欲望を所持しているのだ。

「じゃあ、蘭を誘拐したのも……？」

凛は恐る恐る言葉を紡ぐ。

今までの椿の行動を思い返すと、一連の誘拐事件の実行犯だとしてもなんらおかしくはない。

難しい顔をしながらも伊吹は頷いた。

「……あいつが主犯かどうかはわからんが、なんらかの形で関わっているとみていいだろうな。凛、今後どう動くかを考えなくてはな」

事が事だけに、迂闊《うかつ》には行動できない。糸乃と阿傍と別れ、伊吹と凛はとりあえず屋敷に戻ることにした。

ちなみに糸乃に魅了された黒ずくめの男だが、術が深く効いたため記憶操作も施していた。糸乃や伊吹に尋問された件は綺麗さっぱり忘れているため、こちらの足がつくことはないという。

「ま、他にもあたしにできることがあったら言ってね！」

「もちろん私もふたりには協力する所存だ。いつでも手を貸そう」

心強い言葉をくれる糸乃と阿傍。

頼もしいふたりの同胞に心からの礼を述べて、伊吹と凛は自分たちが住まう屋敷への帰路に就いた。


屋敷に戻ってきた伊吹と凛は、居間で国茂の煎れてくれたお茶をすすりながら、今後どう動くべきかを思案していた。

事情を知っている鞍馬も参加してくれている。

「状況証拠から、椿が関わっているのはもうほぼ確実なのだがな……。古来種どもの勢力が強まっている今では、椿側についている強者もいるかもしれない」

眉間に皺を寄せながら伊吹が言う。

「強者……御朱印持ちのあやかしなどでしょうか」

「そうだ。……そうなると、いくら俺でも無策で椿の元へ突っ込むのは気が引けてしまう」

『最強』の称号を持つ伊吹は、例え御朱印持ちで妖力の強いあやかし相手でも、そうそう敗北に喫することはない。

しかし強者が束になってきたらさすがに苦戦を強いられるだろう。

それに、社会的に顔が広いあやかしが相手側にいたとしたら、暴行罪などで罪人に仕立て上げられてしまう可能性もある。

相手が椿ひとりならいくらでもやりようがあるが、今回は古来種という派閥が関わっているので一筋縄ではいかないのだった。

「なんだか面倒だなあ。もう正面から乗り込もうよ～」

凛と伊吹がうんうん唸《うな》りながら意見を出していたら、鞍馬が煩わしそうに、しかしどこか軽い口調で言った。

確かにこんなところで悩んでいるよりは、なんらかの行動を起こした方がいいとは凛もわかっている。しかし。

「う―ん。鞍馬くん、さすがにそれは……。なんかちょっと、いえ、あの人かなり不気味だから私苦手で……」

凛が人間、しかも夜血の乙女であるといち早く感づき、顔を合わすたびに執着を見せてくる椿を、凛は本能的に怖れていた。

「それに真正面から行ってその後はどうするんだ？『お前、人間の誘拐事件に絡んでいるな？　その中に凛に似た人間はいないか？』などと聞いても、あいつが正直に答えてくれるわけがないだろう」

伊吹にそう苦言を呈されると、鞍馬は苦笑を浮かべる。

「え―とそれは、その……。なんか賄賂とかぶら下げて、取り入るとかさあ。下手《したて》に出れば答えてくれるかもしんないじゃん」

苦し紛れに出たとしか思えない鞍馬の提案は、杜撰《ずさん》もいいところだ。

――確かにそれで椿さんが素直に全部話してくれたら簡単だけど。賄賂なんて方法、曲がったことが嫌いな伊吹さんがするわけないし。

当然のようにそう考えた凛。しかし意外にも伊吹はすぐに鞍馬の言葉を否定はせず、思案を巡らせているような顔をしていた。しばらくの間、なにも言葉を発さない。

「……伊吹さん？」

不思議に思った凛が名を呼ぶと、伊吹は途端にハッとしたような面持ちとなり、すぐにこう答えた。

「すまん、ちょっと考え事をしてしまっていた。鞍馬、俺は誘拐事件を正面から解決しなければならない立場にあるのだ。賄賂なんていう、そんなよこしまな方法では取引はできん」

打って変わってきりっとした表情でそう答える伊吹はいつも通りの彼だった。

――なにか迷いごとでもあるのかと思ったわ。

しかしそれが自分の気のせいだったようで、凛は安堵する。

「えー。もう頭硬いんだから、伊吹は」

鞍馬にとっては慎重すぎる返答らしく、面倒そうな声を上げる。しかし伊吹は呆れ顔になり、嘆息交じりにこう言った。

「仕方ないだろう、俺は鬼の若殿という立場なのだから。……しかしもし椿と接触するとなれば、できるだけ味方が多い方がいいだろうな。阿傍や糸乃にはすでに声をかけているが、あと協力してくれそうなのは紅葉や瓢……あ、火照もなかなかの妖力の持ち主だったな？」

火照は称号こそまだ得ていないものの、阿傍の実弟だけあって、彼女に引けを取らない素質があるのだという。

確かに、狛犬が姉弟で力を貸してくれるなら百人力だ。

しかし火照の名前が出た途端、鞍馬は表情を曇らせる。

「あー、火照なんだけどさ。実は三日前くらいから連絡取れないんだよね。メッセージも既読にならないしさあ」

「えっ……。どうしたんだろう？」

最近、よくこの家にも遊びに来ていた火照とは、鞍馬は常に頻繁に連絡を取り合っている様子だった。

三日間も音信不通だと聞かされて、凛は不安を覚える。

「まー、あいつは見た目通り気まぐれな奴だしさ。そんなに俺、心配はしてないよ。既読スルーなんてしょっちゅうだし」

鞍馬は大して気に留めているわけではないようで、へらっと微笑んでから軽い口調で答えた。

今時の若者同士のやり取りなんてそんなものなのかもしれない、と凛も思い直す。

「そっかー。でも火照くんに協力してもらえるんだとしたら、早く連絡を取りたいね」

「だよねー。どーせ玉姫ちゃんとイチャイチャしてて、俺のことなんて後回しにしてんじゃない？　くっそ。そう考えるとめっちゃむかついてきた……！」

鞍馬が苛立ちを露にした様子で言う。

ゴゴゴゴゴという効果音でも聞こえてきそうな眉の吊《つ》り上げ方に、凛が気まずい気分になっていると。

「鞍馬は玉姫とも友人なのだろう？　彼女は真面目そうだし、連絡したらすぐに返事をくれるのでは」

伊吹がそう提案すると、鞍馬は一瞬で負の表情を消滅させて微笑んだ。

「あ！　そっかー！　玉姫ちゃんに連絡すればいいのか〜！」

友人の彼女といえど、人間の女性と関わり合えるのが鞍馬は嬉しいのだろう。

先ほどまで発していた不機嫌な気配など微塵《みじん》も感じさせないうきうきとした様子で、ちゃぶ台の隅に置いていたノートパソコンを開いた。

「連絡を取るならスマホでいいんじゃないの？」

鞍馬の様子に凛は尋ねる。

あやかし界でも、人間界と同じようにスマートフォンが使える環境にある。

しかしあやかしには古き良きを大切にする性分の者が多いせいか、人間界に比べるとあまり普及率は高くない。

伊吹が少し前に『俺と凛もスマホをそろそろ持ってもいいかもな。便利そうだし』と話していたが、なかなか暇が取れずふたりとも所持していなかった。

しかし、鞍馬や火照といった流行大好きな若いあやかしたちは、当然のように皆所持している。

「えー！　だってせっかく人間女子と話すんだからさ！　おっきい画面でのテレビ電話がいいじゃんー！　顔見られるしっ」

凛の問いに、鞍馬がさもありなんといった顔で強く主張する。

「そ、そっか」

鞍馬の勢いに引き気味で凛が言うと、伊吹は呆れた顔を彼に向けた。

「どうでもいいから早くしろ」

「はいはい、わかりましたよ！　……あ、人間界の行方不明事件の新しいニュースが出てるよ」

インターネットのブラウザを開いたら、トップに人間界の情報サイトが表示されるようになっていた。

鞍馬はそのニュースのリンクをクリックする。

最新のニュース動画が流れ、自然と見入ってしまう伊吹と凛。三日前に新たな行方不明者が出たと報道されていた。

三日前と言えば、凛が甘緒に御朱印をもらいに行っていた日。

つまり、その時は鬼門の警備がまだおろそかだったはずだ。現在は、しがらみから解き放たれた阿傍が厳しく取り締まっているが。

――これ以上は誘拐事件が起こらないと思いたいけれど。

ニュースを見ながら凛がそんなふうに考えていると。

『三日前から行方がわからないのは、近江《おうみ》玉姫さん、十八才です』

アナウンサーがその名前を読み上げた瞬間、一同に戦慄が走る。

画面に映されていた写真は、数日前にパソコンの画面越しに楽しく会話をした、火照の彼女である玉姫に間違いなかった。

「た、玉姫さんが行方不明……!?」

「え、え!? マ、マジでっ？」

動揺した凛が声を上げる。鞍馬も驚愕した様子だった。

一方で、伊吹は冷静な面持ちで口を開く。

「玉姫が行方不明になったのが三日前……。そして火照が鞍馬に対して返事をしなくなったのも」

「あ……！　つまり、火照くんは玉姫さんを捜しに行って!?」

そう思い当たった凛に、伊吹は沈痛な顔をして頷く。

「おそらく……。玉姫が消息をたったこの状況で火照と連絡が取れないのは、なにか嫌な予感がしてならない」

「くっそ！　なんであいつ、俺たちに相談しないんだよ！　伊吹が誘拐事件を追っているって話はしたじゃんか！」

親友の身を心から案じているのだろう。鞍馬がひどく悔しそうに声を張り上げた。

「たぶんだけど。私たちがいろいろ忙しそうにしていたのを火照くんは見ていたから遠慮して……」

「うむ。俺たちに迷惑をかけまいと考えたのだろうな」

鞍馬をなだめるような気持ちで凛が声をかけると、それを察したらしい伊吹が同調する。

しかし鞍馬の不安がそれで収まるわけはなく、ひどく慌てた様子でこう言った。

「どうしよう！　あいつ玉姫ちゃんの手がかりを捜すために鬼門の周りをうろついて、危ない奴らに捕まったんじゃ……。ねえ！　連絡が取れないってことはきっとそうだよね!?」

「その可能性が高い。しかしそうなると非常にまずいな。人間の女性と違って、あやかしの男にはなんの価値もない。危険な目に遭っているかも……」

「え……!」

伊吹の最悪の予想に凛は掠れた声を漏らす。すると急に目眩《めまい》がして、ちゃぶ台の上に突っ伏してしまった。

「凛!?」

「凛ちゃん、大丈夫!?」

凛の様子にふたりがうろたえたような声を上げる。

ふたりに心配をかけたくなくて、顔を起こして「大丈夫です」と凛は答えようとしたが、力が入らず起き上がれない。

「ちょっと頭がクラクラして……。たぶんただの疲れなので、そんなに心配はないと思うんですけど」

机に額をつけたまま凛は返答する。もっと元気よく答えたかったのに、声帯がうまく震わせられず弱々しい声になってしまった。

しかし本当に単なる疲労だろう。ひどい倦怠感《けんたいかん》だけで、その他の症状はまったくなかった。

「うむ……。阿傍の屋敷を訪問したり、甘緒のところで瑤姫草を得るための試練があったりと、最近多忙だったもんな。人間の女性の体力について俺の考えが至らなかった。すまない、凛」

「い、いえ。貧弱な体である私が悪いのです」

凛の体調を考慮できていなかったことを心から悔やんでいる様子の伊吹に、かえって申し訳なく思った凛は慌ててそう答えた。

「そっかあ。とにかく凛ちゃんはしばらく休もうか」

「そうだな。凛、寝室で眠っておいで」

優しく休息を促してくれるふたりだったが。

「で、でも！　火照くんが捕まっているかもしれないのに……！」

人間の女性と違って、火照の命は粗末に扱われている可能性が高い。ならば、一刻も早くなんらかの行動をした方がいいのではないか。

「それはそうだが、凛の体も大事だ。凛が休んでいる間、俺と鞍馬で今後どうするか話し合っておく」

「そうだよ！　あの椿が相手だから、じっくり考えないとさ」

確かに、まだこの後どう行動するかの指針は決まっていなかった。闇雲に動いても、蘭や玉姫、火照の居場所を突き止められるわけではない。

「……そうですね。わかりました」

納得した凛がそう答えると、伊吹が凛を抱えて寝室まで運んでくれた。

「お姫様抱っこで凛ちゃんを抱える必要ある……？」と不機嫌そうに鞍馬が呟いた気がしたけれど、とにかく全身がだるかった凛にはそんなことを気にしている余裕は皆無だった。

よっぽど疲労が蓄積していたようで、布団に入るなりすぐに凛は眠りに落ちてしまう。意識が途切れる寸前に、あの温かく大きな手で頭を撫でられた気がした。

伊吹が凛を寝室に運び布団に寝かせると、ものの一分も経たないうちに眠りについた。

――よっぽど疲れていたのだな。

行方不明になった妹の蘭。阿傍との交渉。甘緒が与えた試練。

最近の凛には、重い出来事ばかりがのしかかっていたのだ。あの華奢《きゃしゃ》で小さな、妖力もない人間の体に。

改めて考えてみれば、よく今まで活動的に動けていたなと思う。

規則正しい寝息を立て始めた凛の頭を、愛しい気持ちを込めて撫でてから寝室を後にする伊吹。

その際、手のひらから自身の生命力を送り込んだ。こうすれば、凛の失った体力が補われるのだ。

凛の疲労はすぐに回復するはず……そう考えながら廊下を進んでいると、ちょうど廊下に設置していた黒電話が鳴り響いた。反射的に受話器を取る。

「もしもし」

『あは。よかったー、出てくれたのが伊吹で。もう、スマホ持ってよー。いちいち不便なんだけどー』

「――！」

電話の向こうから聞こえてきた声に、伊吹は戦慄する。

この、人を小馬鹿にしたような間延びした男性の声は、椿に間違いなかった。誘拐事件に関わっていると見られ、古来種寄りの思考を持つ牛鬼のあやかしである、椿の。

過去に開催された称号持ちのあやかし同士の会合で、出席者の連絡先一覧が配布されたことがあった。おそらく椿はその時公開した伊吹の電話番号にかけてきたのだろう。

しかし、椿の方から入電があるなど初めてだった。

「なんの用だ……！」

自然と殺気のこもった声になる。

すべての元凶が現在電話口にいる椿にあるのかもしれない。そう思うと、伊吹は受話器を握りつぶしてしまいそうだった。

『おーこわ。なにをそんなに怒ってるの?』

「いいから早く用件を言え」

『いやー、君が俺にいろいろ聞きたいことがあるんじゃないかなと思って電話をかけてみたんだよ。ちょっとした親切心だよ、親切心』

相変わらず人を食ったような声で椿は答えた。

きっといつものあの感情の読めない笑みを彼は浮かべているのだろうと、容易に想像できる。

しかしまさか、椿の方から接触してくるとは。彼の豊富な情報網で、伊吹たちが誘拐事件の真相を追っていると気取られたのだろうか。

「……ふん。それはいい心がけだな。だがなぜわかったのだ? 俺がお前に用があると」

予想外の椿からの接触に最初はうろたえてしまったが、徐々に冷静さを取り戻してきた。

駆け引きの場面では、落ち着きを失い感情に左右された時点で敗北するのが常。いかに自分のペースで事を運べるかが重要なのである。

『下っ端からの又聞きなんだけどね。鬼門周りで暴れていた狛犬の男がいたみたいでさ。そいつがさ、君たちが人間の誘拐事件を追ってるって話をしていたんだって』

その狛犬が火照であることは明白だった。伊吹の想像通り、消息不明の玉姫の手がかりを求めて鬼門を訪れたのだろう。

『まー、それなら聡明な君はすぐに俺の元にたどり着くだろうなって。その感じだと、予想通り俺に行き当たっていたみたいだね』

「火照……狛犬の男はどうしたんだ」

茶化すように話す椿の言葉は受け流し、伊吹が低い声で尋ねる。

『さあ？　捕まえたのは俺と同じ古来種寄りの思想を持つあやかしだけど、古来種派も一枚岩じゃないからねぇ。俺は狛犬の件には関わってないんだよ。誘拐事件だって、俺は鬼門を開けるのを手伝っただけで他はなにもしてないんだよね｜。でも、捕まった人間たちはあそこにいるんだろうなーって心当たりはあるよ。狛犬の彼もたぶんそこにいるんじゃない？』

時折クスクスと笑い声を混ぜながら椿は答える。

人間たちと火照が危険な目に遭っているかもしれないこの状況で、それをおもしろがっているかのような椿の態度に伊吹は憤りを覚える。

しかしここでこれ以上怒りを露にしてもどうしようもない。

椿は、伊吹が怒れば怒るほどせせら笑うようなあやかしなのだから。

「どこだ。どこにいる。人間たちも火照も無事なんだろうな？」

怒気を抑えて、冷静な声で伊吹は尋ねる。

『そういう込み入った話を電話でするのはちょっとねえ。今から僕の屋敷に来ないかい？　仲良くふたりで話そうよ』

「貴様、ふざけてるのか？」

『別にふざけてなんかないよ。今回の件は複雑な背景や事情があるだろ？　そういう場合、普通は会議とか打ち合わせって形で顔を合わせた方が、お互いに深く理解し合えるじゃないか』

「お前と理解し合う気などない。俺は情報を得たいだけだ。さっさと人間たちと狛犬の居場所を言え」

椿の怪しい提案をつっけんどんに拒否する伊吹だったが。

『あはは、やなこった。君ひとりで俺んとこに来てよ。凛ちゃんや天狗の弟くんは置いていってね。その他の仲間も連れてきちゃダメだから』

やたらと念を押す椿。なぜ伊吹ひとりにこだわるのだろう。

「なぜだ？」

『だから、伊吹とふたりでゆっくり話したいって言ったじゃん。誰か連れてきたら、なにも教えてあーげない。でも君がひとりで来てくれたら教えてあげてもいいかな。

というわけで、待ってるからね』

「おい、待て椿。おい！」

伊吹が呼び止めるが、受話器の向こうから返ってきたのは『ツーツー』という電話が切れた音だけだった。

伊吹は険しい顔で受話器を睨みつける。

——なにか罠でも仕掛けられているかもしれない。あの椿のことだ、予想外の仕掛けをして俺を出し抜こうとしている可能性はある。

だが、椿は行方不明になった者たちの場所を知っている上に、教えてやってもいいと言っていた。それも、伊吹がひとりで行く場合に限り。

なにか危険を感じたら、椿など滅すればいいだけの話だ。牛鬼ごときが、最強の鬼に敵うわけはないのだから。

その上、さまざまなことが重なって最近の伊吹は大層苛立っていた。疲労困憊《こんぱい》な凛の様子が、さらにその感情に拍車をかけている。

凛の妹を始めとした人間たち、火照を救うためにも。そしてこのやり場のない怒りをぶつけるためにも。今回は伊吹ひとりで行くしかない。

こうして伊吹は、休息のために眠っている凛にも、居間にいる鞍馬にもなにも告げずに自宅を後にした。薄気味悪い牛鬼の椿が待つ、人里離れた洋館を目指して。

体感にして数時間は眠った感覚だったが、目が覚めた凛が寝室の時計を見たら一時間も経っていなかった。

——眠る前に伊吹さんが私に触れた。きっと鬼の生命力を私に送ってくれたんだわ。過去に雪山で低体温症で倒れた時にも、伊吹のその行為によってすぐに凛は回復した覚えがある。

凛は身を起こして布団から這《は》い出た。

眠る前に全身を襲っていた倦怠感はだいぶ軽くなっていて、まだ完全に本調子とは言い難いが普段通り動けそうだった。

——伊吹さんと鞍馬くん、心配しているかな。

もう大丈夫だと早く伝えないと、と凛は寝室を出て居間に向かった。

「り、凛ちゃん！　起きたの⁉　もう大丈夫⁉」

なぜかわからないが、とても狼狽《ろうばい》した様子で鞍馬が駆け寄ってきた。

「う、うん。たぶん大丈夫だけど……。どうしたの、そんなに慌てて」

「伊吹がどっか行っちゃったんだよっ」

「え⁉」

鞍馬から放たれた衝撃のひと言に、凛は驚きの声を漏らす。

「国茂にも聞いたんだけど、なにも知らなくてっ。捜しに行こうと思ったんだけど、凛ちゃんを放っておけなくって起きるのを待ってたんだよー！」

「そうだったの……。ごめんね、なにも気がつかなくて眠っていて」

自分がゆっくりと疲れを取っている間に、まさかそんな事態が起こっていただなんて。呑気に眠りこけていた自分が腹立たしい。

――伊吹さん、なにも言わずにどこへ行ってしまったの？　だけどこの状況で行くとしたら……。

「ううん。凛ちゃんは疲れてたんだし、眠っていたのはいいんだよっ！　それより伊吹なんだけど、やっぱり椿のところに行ったのかな……？」

鞍馬も凛と同じ考えに行き当たっていた。

凛は神妙な面持ちで頷く。

「たぶんそうだと思う。椿さん誘拐事件に関わっているみたいだし、情報を引き出しに行ったのかな」

「やっぱりそうだよね。でもなんでひとりで行くんだよもう！　いくら伊吹だからって、ひとりじゃ危ないじゃんか！」

憤った様子の鞍馬。

凛だって、どうしてひと言も告げずに行ってしまったのだろうと寂しい気持ちになった。

「よし！　こうなったら俺たちも椿んとこ行こう！」

「え⁉」

突然の鞍馬の提案に一瞬驚愕する凛だったが、確かにいくら最強の鬼とはいえ、あの椿のところにひとりで向かったと考えると心配でならない。

相手は常になにを考えているかわからない上に、予想外の行動ばかりが目につく椿なのだから。

「だって伊吹ひとりにすべてを任せるなんて、俺にはできないよ。俺の友達カップルが捕まってるんだし。凛ちゃんは必ず俺が守るからさ！　俺だって結構強いしっ。あ、でも体は大丈夫？」

鞍馬は心配そうに凛の顔を覗き込む。

天狗一族と反りが合わず里を出てきた鞍馬は、一族からは存在しない者として扱われているという事情がある。

御朱印と称号は一族の長の承認がないと得られないため、鞍馬はそれらを所持していない。しかし実力的には称号持ちのあやかしと比較してもなんら遜色ないと、伊吹の折り紙付きである。

特に彼の敏捷《びんしょう》さは伊吹を圧倒するほどで、大抵のあやかしならば追いつけないほどの俊敏な動きができるらしい。

「うん、私はもう平気。……そうだね、鞍馬くんの言う通りだ。伊吹さんをひとりで戦わせたくない。私も行く！」

「そう来なくっちゃ！」

決意した凛に向かって、鞍馬が不敵に微笑んだ。

鞍馬はともかく、弱い人間の自分が加勢してもなんの意味もないかもしれない。だが、相手はあの椿なのだ。

凛を夜血の乙女だとほぼ確信し、妙な執着を見せている彼相手ならば、夜血が体内に宿っている自分だけにできることがなにかあるかもしれない。鬼以外にも絶大な効果を発揮するとされる、貴重な夜血が。

そう自分を奮い立たせて、凛は鞍馬と共に椿の屋敷へと向かった。

椿の屋敷には、伊吹は過去に一度訪れていた。伊吹の屋敷を抜け出した凛が、彼の元で保護されていた時だ。

青い屋根と白い外壁のコントラストが映える洋館で、西洋の貴族が暮らしているような立派な佇まいには、前回同様伊吹は圧倒される。

門をくぐってから館までは距離があり、薔薇《ばら》や椿が咲き乱れる美しい庭園は見事な風景だった。

しかし景観を堪能できるほどの心の余裕はない。伊吹は緊張しながら艶やかな花の中を進む。

館の前に着くと、ひとりでに扉が開いた。中から出てきたのは、ひとりの女あやかしだった。

「伊吹さま。ようこそいらっしゃいました」

深々と礼をし、丁寧な口調で彼女は言う。

あやかしは種族によって年の重ね方が違うので、彼女の実年齢を推測するのは難しいが、人間で例えるならまだ十代半ばくらいの外見に見えた。

漆黒の無地の着物に金色の帯をきつく締めており、背筋はしゃんと伸びていた。海のように深い色をした群青の髪は結わずに垂らし、顔半分は前髪で隠れている。

以前に椿の元を訪れた時にも、彼女を見かけた覚えがあった。

メイド服の女性あやかしがたくさんいる中で、和装で少女のような外見の彼女は目についたのだ。

――椿の下働きの女子《おなご》なのだろうか。

「ご案内いたします」

そう伊吹に告げると、彼女はくるりと踵《きびす》を返して廊下を進む。伊吹はそれに続いて歩き出した。

少女に案内されたのは広間だった。

中に椿の姿はまだなかったが、彼の手下である漆黒のスーツ姿の男が数人、壁に背中をつけるようにして直立していた。いざという時に主を守るために控えているのだろう。

「ただいま椿さまが参ります。こちらでお待ちくださいませ」

伊吹にそう伝えると、少女はぺこりと深くお辞儀をして退室した。

部屋の中心には、白いクロスのひかれたテーブルと、二脚の椅子が向かい合わせになるように置かれていた。

しかし伊吹は椅子にはかけず、立ったまま腕組みをして椿がやってくるのを待った。いつなにが起こっても対処できるように、警戒しながら。

そして、しばしの時が流れた時。

「やあやあ伊吹。待たせてごめん、よく来てくれたね！」

満面の笑みを浮かべながら椿が入室してきた。そして取り巻きの男たちを背後に従える形で、椅子に腰かけた。

漆黒の法衣に、まばゆい銀の髪。首や腕、指、耳など、彼の体のいたるところを彩るシルバーのアクセサリー。

いつもと変わらない、一見女性と見紛うほどの美麗な牛鬼が目の前で微笑を浮かべている。

まるで気心の知れた友人に向けるような表情と言葉に、伊吹は嫌悪感を露にした面持ちになる。

「……しらじらしい。反吐《へど》が出る」

低い声で吐き捨てる。そして手に妖力を込めて勢いよく振りかざした。

すると、椿の奥に控えていたがっしりとした体格の男たちが、あっけなくその場に倒れ伏す。伊吹の手から放たれた衝撃波によって気絶させられたのだ。もちろん、彼らの命に別条がない程度には力を抑えてはいる。

突然の伊吹の行動にはさすがに驚愕したのか、椿は目を見開いて唖然としていた。

「……俺とふたりで話したいのだろう？」

そんな椿に向かって、伊吹は淡々と言った。

群青の頭髪の少女は伊吹を広間に案内した後に退室していたので、意識がない者たちを除けば、現在この広間には伊吹と椿のふたりっきりだ。

すると呆《ほう》けた表情をしていた椿が、笑みを零す。

「なるほどね。確かに、僕にだけ部下がついていちゃフェアじゃなかったね。だけど、いつも冷静沈着な鬼の若殿様が随分乱暴だねえ？」

「冷静沈着？　俺はそんなつもりはない。周りが勝手にそう思っているだけだ。忘れたのか？　俺は鬼なのだぞ」

鬼——それはもっとも高貴かつ、もっとも恐ろしいとされるあやかし。

「俺の友人や身内に危害を加える奴には容赦しない。……彼らを助けるためには、俺はどんな非道なことでもできるのだ」

椿に尖鋭な視線を送りながら、声に凄みを利かせる伊吹。

立場上、私情を挟んで物事を解決してはならないと常日頃から伊吹は考えている。しかし立て続けに大切なものが奪われていくこの状況には、いくら鬼の若殿とはいえ、自身の体面など些細《ささい》な事柄に成り下がりつつあったのだ。

「そっかあ。そうだったなあ、なんだかんだ言っても君は鬼だもんなあ……。でも、凛ちゃんにはこんな凶暴な自分は見せたくないんだろうなあ。彼女がこの場にいなくて好都合だったねえ」

痛いところをついてくる。確かに例え相手が椿であっても、手荒な真似をしている姿を凛にだけは見られたくはない。

他の誰になんと思われようと構わない。しかし凛がこんな自分の乱暴な本性を知って幻滅してしまったらと想像するだけで、恐ろしくてたまらない。

「……早く誘拐された人間たちと狛犬のあやかしの居場所を言え」

自身が抱いている恐れを振り切るかのように、伊吹は低い声で椿に尋ねる。

すると椿は笑みを絶やさぬまま、首を傾げた。

「すごく不思議なんだよなあ。狛犬はともかく、なんでそんなに人間の女の子たちを助けたいんだい？　鬼である君がさ」

「人間界とあやかし界の平穏のためだ。祖父が締結した異種共存宣言を、俺には守る義務がある」

「平穏ねえ……。もういいよ、そういう建前はさ。誘拐された人間の中に、凛ちゃんの妹がいるから、だろ？」

「……！」

おちょくるような声で放たれた核心に、伊吹は息を呑む。

――凛が人間であるとは感づいているようだが。まさか妹が誘拐事件の被害者であることまで把握しているとは。

「その子、人間界側の鬼門の周辺をうろうろしていたみたいでさあ。『数カ月前、鬼の若殿に献上された姉が気になって鬼門まで来てしまった』って言っていたらしいんだよね。最近君の嫁になったのは凛ちゃんしかいない。もう彼女が人間だってことは、自明の理だよね。まあ俺は前々からわかってたけどさ。何度言っても、君たちは頑なに認めてくれなかったよねぇ」

「………………」

伊吹は押し黙る。やはりまだ、自分の口からは凛の素性については発言したくなかった。

「君、いろいろ困るだろうなあ。今の段階で凛ちゃんが人間だって周囲にバレたら。なんか御朱印を集めてるらしいけど、それってやっぱりいつか人間だってみんなに知られちゃった時の対策だよね？」

「……なにが言いたいんだ、貴様」

ふざけたように間延びした声で言葉を発する椿だったが、明らかにこちらに圧力をかけてきている内容だった。

おそらくなにかを要求してくる、と伊吹は察する。

「ははっ。おもしろいことになりそうだから、凛ちゃんが人間だって言いふらしちゃおうかなって思ってるんだよねー、俺。でも君の態度次第でやめてあげてもいいよ。ひとつ提案があるんだ」

「提案？」

「君も古来種派になってよ。人間界とあやかし界の平穏だなんて、平和ボケしてないでさ」

椿の瞳が妖しい光をたたえ始める。

一見美しく見える微笑みにも、ぞくりとするような禍々しさが内包されたのを伊吹は感じた。

「前々からうすうす感じてはいたんだけど、さっきの君の行動を見て俺は確信したよ。君の本性はやっぱり気性が荒くて、獰猛な鬼なんだよ。本当はこんな平和な世の中つまらないと思ってるんじゃないか？　昔の、思う存分人間たちを蹂躙していた頃の強い俺たちに戻ろうよ」

椿は立ち上がり、伊吹の方へとゆっくり近寄ってくる。そしてなにも言わない伊吹の耳元で、こう囁《ささや》いた。

「俺たちあやかしにとって最良の時代に時を戻そうじゃないか。そうすれば凛ちゃんの正体は黙っておいてあげる。彼女の妹も、狛犬も、俺が誘拐犯に命じて返させるよ。ね、どうだい？　いい案だと思うんだけど」

おそらく椿は、この提案をするために伊吹ひとりを呼び寄せたのだろう。人間の凛や人間を愛する弟の鞍馬が傍らにいては伊吹の心は微塵も動かないと、彼は重々承知しているのだ。

しかし椿は、自分とふたりきりなら伊吹が手荒な真似をしてくると踏んでいた。

伊吹に自発的に乱暴な振る舞いをさせ自身の荒々しさを思い出させた後、知人たちの無事と引き換えという条件付きならば、つけ入る隙は十分にあると狡猾《こうかつ》な椿は企んだのだ。

——欲望の赴くまま、力のない人間たちから富を奪い、命を奪い、人間のすべてを蹂躙していたとされる百年以上昔が、あやかしにとって最良の時代だと？　鬼である自分は、本当はそれを望んでいる？　……違う。そんなわけない。

頭に浮かんだのは、凛が幸せそうに微笑み『伊吹さん』と名を呼んでくれる姿。

人間の女性や文化を愛してやまない鞍馬に、結婚を誓い合った人間の恋人と仲睦まじく会話する火照。

そして人間の凛と、あやかしである鞍馬や紅葉、糸乃といった、昔なら相容れなかったはずの者たちが、楽しそうに過ごす姿。

——俺と俺の仲間たち、そして凛は、あやかしも人間も笑って暮らせる世界を最良だと信じて疑わない。

崇高な伊吹の心は微塵も揺らがない。あっさりと椿の目論見が外れた。

「どうしたんだい？　まさか、今さら迷っているのか？」

しばしの間、俯いて言葉を発さない伊吹の顔を覗き込み、さらに挑発するようなことをのたまう椿。

「……舐められたものだな」

低い声で呟いた後、伊吹は傍らの椿の首を目にも止まらぬ速さで掴み、そのまま天に向かって高々と持ち上げたのだった。

「ぐっ……」

首を締め上げられ呼吸が苦しいらしく、椿は苦悶《くもん》の表情を浮かべながら呻く。

「そんな戯言で俺の上に立ったつもりか。凛の正体を言いふらす？　その前にお前をここで殺せば済むのだぞ。誘拐された者たちの居場所は、お前に頼らなくても見つけ出してみせる」

生かさず殺さず程度に椿に苦しみを与えながら、伊吹は圧を込めた声で脅す。

「お、俺を殺せば面倒だぞっ。奉行所にも、古来種寄りのあやかしは、た、たくさんいるっ……」

うまく声を発せられないのか、真っ赤な顔で椿がたどたどしく声を紡ぐ。その必死そうな様子は、いつも超然としている彼には珍しい姿だった。

一歩間違えれば、本当に鬼の若殿はここで自分の命を奪う。伊吹の並々ならない怒りを肌で感じ、彼はそう悟ったようだった。

しかし、椿の発言は単なる苦し紛れにひねり出されたものではなかった。古来種派のあやかしと伊吹が敵対してしまえば、厄介な事態になるのは確かだ。

あやかし界は、自由気ままな者が多いため人間界よりも格段に治安が悪い。

少額の窃盗や軽い暴行では、まず捕まりはしない。殺人ですら、奉行所の役人の気分次第で見逃されてしまう。

しかし、もしここで椿を伊吹が滅してしまったら。

椿は古来種一派の中でも高い地位にあると考えられる。奉行所にいる古来種派のあやかしがまず黙っていないだろう。

下手をすると、伊吹だけではなく凛や懇意にしているあやかしまで、罪をでっちあげられ引っ立てられてしまうかもしれない。

しかし、それはもちろん承知の上だ。

「知るか。面倒ごとになったら力ですべてをねじ伏せるだけだ。死人に口なし、と言うだろう？」

実際、伊吹ならばそれも不可能ではない。かなりのリスクを負うには違いないが、凛を始めとする大切な者を守るためならば、自身の手を汚すのに迷いはなかった。

「古……来種の考え方、に、君は全然惹《ひ》かれない、のか……？」

脅しは通じないらしいと理解したのか、椿は質問を変えた。

彼はきっと、あやかしには誰しも人間をいたぶりたいという欲が自然と備わっていると考えているのだろう。

人間にいい顔をしているあやかしも、そんな加虐心をなんとか抑制して、人畜無害そうな顔をしているのだと。

だから伊吹だって少しつつけば、そんな本性を現すかもしれないと企んだ。

だがそれは、根本的に間違っていた。

心から人間を大切に思い、彼らと心を通わしたいと考えているあやかしが、伊吹の周りには少なからず存在している。

そして当の伊吹は、命を懸け、全身全霊で人間の女を愛しているあやかしなのだ。

伊吹は眉ひとつ動かさずに、こう答える。

「そうだな。俺は人間もあやかしも平和に過ごしている現代の方が好きなんだよ。お前はなにか勘違いしているようだが、俺が獰猛になるのはそんな平和を脅かされる時のみ。俺の大切な仲間が傷つけられる時だけだ。……わかったか？」

首を押さえつけられながら、椿はやっとのことで頷いた。するとようやく伊吹は椿の首を掴んでいた力を緩めた。

苦痛から解放された椿はその場にしゃがみ込み、しばらくの間咳《せき》込んでいた。首についた青紫の指跡が生々しい。

「……こっちの話に乗ってくれたらラッキー、くらいの感覚ではあったから断られたのは予想外でもないけどさ。まさか、ここまで君が物騒な感じとはね」

呼吸が整ったらしい椿が、座り込んだままそう言った。まだ顔は少し赤いが、いつもの超然とした口調に戻っている。

「俺の話はどうでもいいだろう。早く誘拐された者たちの居場所を言え。本当にそろそろ殺すぞ」

「……ははっ、おっかないなあ。凛ちゃんがこれを聞いたらどう思うのかな？　怯えて君から逃げちゃうんじゃない？　あんなか弱そうな人間の女の子じゃさ。穢《けが》れを知らない、清廉潔白な乙女って感じだしねぇ」

「…………」

伊吹は瞬時に返答できなかった。

確かに、凛がもしこの場にいたらこんな荒行には出られない。

伊吹にとっての最大の恐怖は、椿でも、古来種派のあやかしでも、誘拐事件の実行犯でもない。己が愛してやまない凛に拒絶されることなのだ。

「お前には関係ないだろう。それに凛はこの場にいないではないか」

淡々と無表情で伊吹は言い放つ。

すると椿はにやりと、底意地悪そうに微笑んだ。

「……はは。俺とふたりきりになれば、君と腹を割って話せるんじゃないかなと思ってたんだ。まあ古来種派に引き込めなかったのは、やっぱり残念なんだけどさ。まさか、ここまで荒ぶってくれるとはねえ。おもしろいことになりそうだなあ」

「どういう意味だ……？」

椿の意図が読めず、伊吹が眉をひそめると。

相変わらず気味の悪い笑みを浮かべながら、椿が衝撃的な言葉を放った。

「残念だったねえ、伊吹。実は俺がこの部屋に入る直前に、凛ちゃんが弟くんと一緒にこの屋敷に来てくれてさ。でもまずは俺は君と話したかったから、隣の部屋で待っていてもらったんだ。でもここの隣の部屋って、隙間からこっちの光景が見えるし声も聞こえるんだよねー。つまり、君が俺に殺伐としたことを言って首を絞めていたのも全部、凛ちゃんは見ていたみたいだよ？　……潤香《うるか》、開けてあげて」

椿の言葉が終わると共に、出入り口とは違う広間の壁に備え付けられていた扉が開いた。

扉を開けたのは、広間に伊吹を案内してくれた少女のあやかし。どうやら彼女の名が潤香と言うらしい。

そして潤香の傍らに、衝撃を受けたような顔をしている凛と、気まずそうな顔をしている鞍馬が立っていた。

――なぜふたりがここに……!?　最初から全部見られていた？　凛に、椿とのやり取りを？

大きく見開いた驚きの眼《まなこ》を伊吹に向けている凛。

その表情に、最悪の予想が当たってしまったと確信した伊吹は深い絶望を覚えたのだった。

＊

鞍馬と共に、伊吹に加勢をするために椿の屋敷へ向かうと決断した凛だったが、天狗の翼を生やした鞍馬の飛行速度には圧倒された。

本気を出した伊吹もかなりの俊足だが、凛を抱えて空を飛ぶ鞍馬の速さはそれを遥かに凌駕《りょうが》していた。

その結果、伊吹の足なら十五分ほどだと思われる椿の屋敷に、五分もかからずに到着したのだった。

――やっぱり鞍馬くんは、本来なら御朱印を持っていてもおかしくないくらいのあやかしなんだわ。

鞍馬が妖力を発揮する場面を初めて見た凛は、彼の強さが伊吹の折り紙付きであることを改めて認識した。

到着して正面玄関に備え付けられていたインターホンを押すと、小柄なあやかしの少女が出迎えてくれた。

凛が以前にも屋敷で見かけた、長い髪で顔半分を隠した少女だった。

「鞍馬さまに凛さまですね」

丁寧な口調で名を呼ばれた。

彼女に名乗った覚えはなかったが、椿の側近の少女らしいのでおそらく主から自分たちについては聞いているのだろう。

「伊吹……鬼のあやかしがここに来てないかい？　俺の兄なんだけど」

鞍馬が尋ねると、少女は深く頷く。

「伊吹さまですね。はい、確かにいらっしゃっております」

その回答に鞍馬と凛は顔を見合わせた。

ふたりの予想は的中していた。やはり伊吹は、誘拐事件の真相を聞き出すために椿の元を訪れたのだ。

「ご案内いたします」

そう告げると、少女は屋敷の廊下を歩き出した。

彼女の後を鞍馬と共に追う凛。一定の速度で歩み続ける少女からは、丁寧だが機械のように事務的な印象を受けた。

「俺、血みどろの戦いになっているかも……って覚悟してたんだけど。なんだか思いのほか平和そうだね」

「そうだね……」

周囲を警戒しながらの鞍馬の言葉に、凛は同意する。

これまでのところ椿の屋敷内には争いの跡などはまったくなく、外の鳥のさえずりが聞こえてくるほど静かだった。

――伊吹さん。椿さんと今なにをしているのかな。

少女に案内されたのは、来客用らしきローテーブルとソファだけが置かれた小部屋だった。出入り口とは違う、隣の部屋に続くらしい扉もある。

「ただいま椿さまと伊吹さまは内密なお話をしている最中です。おふたりはこちらの部屋でお待ちください」

「えっ、あ、はい、わかりました」

少女の慇懃《いんぎん》な口調が移ったようで、鞍馬がつられて敬語で答える。

すると少女はふたりに向かって深く頭を下げて、部屋の隅に移動した。

「凛ちゃん。あのふたり、なにを話し合っているんだろうねえ。伊吹が椿と仲良くお話だなんて、俺考えられないんだけど」

「うーんそうだね。でも平和的に事が進むんならそれに越したことはないよね」

そんな会話を交わしながら、鞍馬と共にソファに腰かける凛。

その時だった。

隣の壁からドン！というなにかが激突するような轟音《ごうおん》が突然聞こえてきた。

驚きのあまり戦慄する。鞍馬も身をすくませている。対照的に、椿の下働きの少女は何事もなかったかのように直立したままだった。

「な、なんだあ⁉」

「隣の部屋からだったけれど！　もしかして伊吹さんと椿さんが……⁉」

あのけたたましい音は、強大な妖力によるものとしか考えられない。やはり伊吹と椿がおとなしく話し合いだなんて、うまくいくはずがなかったのだ。

「このドアから隣の部屋に行けないかな⁉」

鞍馬が、室内に設置されていた扉のノブを手に取って回そうとした。しかしノブは微塵も動かない。

しびれを切らした鞍馬が扉を蹴破ろうと強い蹴りを入れたが、微動だにしなかった。

鞍馬の足の方がかえってダメージを受けたらしく、彼は「いたたたた」と座り込んで足を抱える。

「く、鞍馬くん！　大丈夫⁉」

「うん、俺は大丈夫だけど……。この部屋、特別な妖力がかけられているみたいだ。内側からは、その力を解除しない限り絶対に開かないんだろうな」

鞍馬の力をもってしても開けられないということはそうなのだろう。

しかし彼は再び扉に近寄った。そして壁と扉の境目に顔を合わせ、片目を閉じて注視した。

「……やっぱり。このドアちょっと隙間があるよ。目を凝らせば向こうの様子が見えるよ！」

「え、ほんと!?」

鞍馬に倣って、凛も扉の向こう側を覗き込む。

すると、椿の部下らしき男たちが皆、倒れ伏していた。

そしてその前に仁王立ちする伊吹は、椿に向かって「俺とふたりで話したいのだろう？」と、低く鋭い声で尋ねていた。

椿と対峙《たいじ》する伊吹は、凛が見たこともないほど剣呑とした面持ちをしていた。眉を吊り上げ、美しい双眸に怒りをたたえる姿は、彼が鬼である事実を改めて凛に実感させる。

凛は鞍馬と共に息を呑んで伊吹と椿のやり取りを見守る。

古来種側につけと椿が伊吹に提案した後、目を疑うような光景が広がった。

なんと伊吹が椿の首を締め上げたのだ。その上「殺すぞ」などと恐ろしい言葉を椿にぶつけている。

突き刺すような尖鋭な視線で椿を睨み、苦痛を与え続ける伊吹のその言葉は、決して脅しではなく本気のようだ。

「……伊吹、大人になってからだいぶ丸くなったみたいだけど。昔は結構気性が荒かったらしいんだよね」

それまで一緒に無言で広間の光景を眺めていた鞍馬が、決まり悪そうに口を開いた。

「え、そうなの……？」

にわかには信じられなくて凛は聞き返す。

自分と接する時の伊吹は、穏やかで心優しくて、常に広い心で自分を受け止めてくれる。時々、鞍馬との口ゲンカ中などに子供っぽい茶目っ気は見せるが、それはそれで凛は微笑ましさを覚えていた。

そんな伊吹が昔、苛烈な性格をしていただなんて。

しかし、椿に「力ですべてをねじ伏せるだけだ」と低い声で告げている伊吹を見ていると、鞍馬の言葉が真実だと受け入れざるを得ない。

確かにこれまでも、鞍馬の母で天狗の天逆毎《あまのざこ》が凛に害をなそうとした時に妖術の炎を食らわせたり、阿傍が取りつく島もない様子だった時に『もうこれは力ずくでいくしか……』と、自身に宿る最強の力で伊吹が事態を収拾させようとしていた場面を何度か目にしている。

しかしその時の伊吹は、どうしても他に方法がなく不本意ではあるが、といった様子だった。

現在、椿をいたぶっている殺気だった伊吹のような容赦のなさはいっさい見受けられなかった。

「俺が伊吹んちで暮らし始めた時はもう今の伊吹だったけどさ。糸乃が『昔のあんたってさ。あたしがちょっとでも誰かにいじめられたら、相手を殺す勢いで殴りかかってたよねえ』って言ってた覚えがあるよ。それに紅葉ねーさんも『子供の頃の伊吹はキレると手が付けられなかったけど、最近はそんな姿見せないわよね』って話してたこともあった」

「そうなんだ……」

幼い頃から今のように冷静で知的なあやかしだったのだろうと自然と思い込んでいた凛にとっては、思いがけない鞍馬の言葉だった。

「やっぱり伊吹は鬼だからなあ。年齢と共に落ち着いたとはいえ、鬼特有の獰猛さみたいなのは心に根付いているんだと思う」

ガラス越しの伊吹を目を細めて眺めながら、鞍馬が言う。

伊吹はいまだに椿の首を絞めていて、「死人に口なし、と言うだろう？」と脅し文句を発していた。

「……凛ちゃん。伊吹が怖い？」

思わず押し黙って伊吹の様子を見ていた凛に、鞍馬が不安げに尋ねてきた。

「私は――」

凛がその問いに答えようとした時だった。

今までまるで銅像のように微動だにしなかった少女が、この部屋と広間を隔てていた扉を開ける。

凛が一部始終を見ていたと知ったらしい伊吹は、愕然とした面持ちで立ち尽くしていた。

椿が会話の中で、『凛ちゃんにはこんな凶暴な自分は見せたくないんだろうなあ』と煽るようなことをのたまっていたが、やはり伊吹自身もそうだったのだろう。

凛も凛で突然扉が開いたのでなんて声をかけたらいいかわからず、伊吹を見つめたまま黙ってしまう。

「あははは！　やっぱり凛ちゃん、伊吹を怖がっているみたいじゃない。伊吹が暴れて大きな音を立てるもんだから、気になってここの部屋の様子を覗き見しちゃってたんだね。いやー、本当におもしろいなあ」

凛が口を閉ざしているのを見て、伊吹に恐怖心を抱いているのだと椿は考えたらしい。彼は楽しそうに笑いながら、棒立ちの伊吹の隣にやってきた。

「だって俺を殺すって脅してたし、面倒な事態になったら他の奴も殺すって凄んでたもんね。そんな簡単に誰かを殺しちゃうような鬼、人間の凛ちゃんは怖いに決まってるよねえ」

伊吹の耳元で、嘲《あざけ》るような口調で椿が囁く。

伊吹は椿の言葉には反応せず、虚ろな瞳を凛に向けていた。色彩の失われた双眸には、絶望が宿っているように凛には見えた。

——違う。伊吹さん、私は。

「……椿さん。なにか思い違いをしていらっしゃるのでは？」

やっと自分の感情をうまく頭の中で整理できた凛は、そう言いながら椿と伊吹にゆっくり近づいていく。

「え？」

眉をひそめる椿。

彼の眼前までやってきた凛は、真っ向から挑むように見据えた。

「私はそんなに潔癖ではありません。確かに少しびっくりはしました。いつもの優しく穏やかな伊吹さんと、全然様子が違っていたので。だけど」

凛は椿と伊吹の間に割って入る。そして伊吹を椿の嘲りから守るようなつもりで、ぴんと背筋を伸ばした。

「伊吹さんはさっきあなたにおっしゃっていました。俺が獰猛になるのは平和を脅かされる時、俺の大切な仲間が傷つけられる時だけだ、って。伊吹さんが大切なものを守る時にだけ非情になれるのは、心根が優しいからです。少なくとも私はそう思います」

椿は興味深そうな顔をして凛を眺めていた。

相変わらず、この牛鬼がなにを考えているかはわからない。しかし凛は臆さずさらに続けた。

「私だってもし伊吹さんや鞍馬くんがあなたに手をかけられそうになったら、迷わずあなたに刃を向ける……！」

凛は椿を鋭く睨む。

椿はしばらくの間、黙って凛を眺めていたが「ふっ」とこらえきれなくなったらしい。笑い声を漏らしてから、口を開く。

「ははっ。最初に見た時はおどおどしていて、世の中の穢れなんてなにも知りませんって顔をしていたお嬢さんだったのになあ。随分たくましく成長したものだねえ」

まるで凛の生い立ちを見守ってきたような椿の口調は、気味が悪かった。すると伊吹が凛を椿の視線から守るように抱き寄せた。

「……ありがとう凛」

耳元で伊吹が囁いた。

その短い言葉には、きっと彼の深い想いが込められている。凛は伊吹の方を向いて無言で微笑んだ。

——あなたを怖いだなんて、私が思うわけがない。だって私はあなたの妻なのだから。

信頼し合っているふたりの様子を眼前で見せつけられたのが気に食わなかったのか、椿は顔を引きつらせた。

「だけど君たちどうするんだい？　結局俺を殺すのか？　まあそれもいいだろうね。だけど、誘拐された人間たちや狛犬の居場所を自力で突き止めるのには、それなりに時間がかかるだろ？　あー、狛犬の方はそろそろ殺されてもおかしくないだろうなあ」

とても楽しそうに椿は言ってのける。

自分の命が危うい状況だというのに、伊吹と凛をおちょくっているのだ。本当に得体の知れない男である。

「ど、どうしよう伊吹！　火照が……！」

鞍馬が泣きそうな声を上げながら伊吹に駆け寄ってくる。親友の危機にひどく狼狽している様子だ。

伊吹は椿を鋭い眼光で睨みつける。

「……どうやら貴様とは交渉決裂らしいな。とにかくもう目障りだ。今後のためにもここで貴様は殺しておくか」

殺気が込められた伊吹の視線に、冷淡な声。伊吹が本気で椿を亡き者にしようと考えていると、凛は肌で感じ取る。

椿は凛が人間であると暴露すると先ほど言っていた。確かに、放っておくよりは口封じのために伊吹が彼に手をかけた方が、今後動きやすいのは明らかだ。

――だけど。やっぱり、伊吹さんにそんなことをしてほしくはないわ。

伊吹が誰かを殺めるのは、凛にとっては最終手段だった。自分のために伊吹の手が血で汚れるのはできるだけ避けたい。

どうにかして、椿から行方不明事件についての情報を聞き出す方法はないものかと必死で考える。

「そうだねえ。君がこっち側――古来種側に来るなら教えてやってもよかったけどさ。この状況で情報を流しても俺にはなんのメリットもないしなあ。だからもういいんじゃない？　俺なんて殺しちゃえば？」

軽い口調で椿はのたまう。まるで伊吹に自分を殺させたいかのような口ぶりにすら聞こえた。

凛の傍らにいる伊吹が指を動かして音を鳴らしていた。

彼が戦闘態勢に入りかけていると感じた凛は、今この瞬間に思いついた案を椿に持ちかけることを決意した。

「わ、私と取引しましょう！　椿さん！」

たぶん、あと一瞬凛が言葉を発するのが遅かったら、伊吹の爪が椿の喉笛を八つ裂きにしていただろう。踏み出そうとしていたらしい伊吹が、少しだけたたらを踏んでいたから。

「取引……？」

突然の凛の申し出に椿は怪訝な顔をした後、ふっと鼻で笑った。

「夫に殺しをさせたくない健気な妻の愛だねえ。ははっ、内容次第でもちろん聞いてやっても構わないさ。だけど、俺をその気にさせるような取引条件を、君に提示できるとは思えないけどなあ」

間延びしていて、どこか小馬鹿にするような口調だった。彼が凛と会話をする時は、いつもこんな話し方をする。

凛を気に入っている節はあるが、しょせん妖力を持たず、自分ではなにひとつできない人間の小娘だと彼は思い込んでいるのだ。

確かにそれは間違っていない。凛はあやかしと闘えないし、誰かを救うための特殊な能力もない。伊吹と結婚してからというもの、何度『自分があやかしだったらよかったのに』と考えたことだろう。

そうすれば、妖術を使ってもっと伊吹の役に立てる。御朱印を集めずとも、堂々と素性を明かして伊吹の妻だと名乗れる。

——だけどない物ねだりをしたってしょうがない。私はただの人間なんだもの。私は私らしく、このあやかし界で生きていくしかないんだ。

しかしそんな凛にはたったひとつだけ、自分にしかない武器がある。どんなあやかしも、そしてどんな人間も持っていない、唯一の武器が。

「できます。あなたはきっと、取引に応じる」

椿を真っすぐに見つめて、凛は言い放つ。

「えー、ほんと？　とてもそうは思えないけどなあ」

「私の血です。……私の血をいくらか、あなたに差し上げます」

薄ら笑いを浮かべていた椿だったが、表情を一変させた。驚いたように目を見開き、凛を凝視している。

凛の唯一の武器——そう、それは百年に一度の割合でしか所持者が現れないとされる、体内に宿る夜血だ。

以前、甘緒は凛にこんな忠告をした。

夜血は鬼への効果がもっとも高いが、鬼以外のあやかしや人間にも、その効力はある。夜血の栄養分はそんじょそこらの薬や栄養剤など話にならないほどの濃度がある。体内の悪い効果を浄化するという伝承さえある。すでにその血を狙っているあやかしもいるかもしれない、と。

その話を聞いた時、真っ先に椿の顔が浮かんだ。椿が凛に執着する要因のひとつは、きっとこの夜血なのだろうと考えたのだ。

「凛……！　そんなことをしたら……！」

伊吹が焦ったような顔で口を開いたが、言葉を途中で止めた。

その先に続く言葉は、凛にはわかっていた。『お前が人間であり、夜血の乙女であると自ら認めてしまうことになる』と。

すでにほとんど凛の正体を椿に突き止められている状況には違いないが、伊吹も凛も一応まだ肯定したわけではなかった。この男に対して、それを自分から認めるのはふたりともなんとしてでも避けたい思いだったのだ。

「いいんです。もう隠したって仕方ない状況ですから。これがたぶん一番、誰も傷つかない方法だと思います」

凛は伊吹に向かって笑みを作って答えた。彼を安心させるように悠然と微笑みたかったのに頬が引きつってしまった。

誰も傷つかない方法――それは、伊吹の手が血で染まることも、椿が命を落とすこともない方法。いくら相手が薄気味悪い椿だったとしても、そんな結末はどうしても回避したかったのだ。

伊吹はそれ以上なにも言えないらしく、ただその名を呆けた表情で呟いた。

「凛……」

するとそれまで虚を衝かれたような面持ちをしていた椿だったが、にやりと下卑た笑みを浮かべた。

凛の提示した取引が、彼にとって好条件だったことが見て取れる。

「そうだねえ……。夜血は、鬼以外のあやかしにも優れた治癒効果や栄養増強効果がある。成分を調べれば、俺の商会が手を広げているさまざまな業種に生かせそうだなあ。少量でも喉から手が出るほど欲しいよ、俺は」

「………………」

凛はなにも答えない。答えたくなかった。

本来ならば、この血のすべては伊吹に捧《ささ》げるためのもの。夜血を献上する生贄花嫁として、伊吹の元に嫁いだのだから。

——だけど伊吹さんやみんなを守るために私ができることはこれくらいしかない。

「つまり凛ちゃんのその提案は、君の血が特別である、つまり自分が夜血の乙女だと認めたってことでいいかな？」

「……答えたくありません。だけどあなたなら、差し上げた血を調べればすぐにわかるでしょうね」

椿の問いに、渋々答える凛。自分から夜血の乙女だと名乗らなかったのは、最後のささやかな抵抗だ。

「ははっ。いいだろう、その条件を飲もう」

「……ありがとうございます」

「ふふっ。こんな場面で臆さずにとっさに打開策を思いつくなんてねえ。君を穢れの知らないお嬢さんだと思っていた俺が間違っていたよ。君はどんどん興味深い存在になっていくねえ」

凛を見つめる椿の視線が強くなった。頭のてっぺんからつま先まで舐め回すように見られ、凛はぞくりと背筋を凍らせる。やはりなにを考えているかわからない椿は不気味そのものだった。

椿はずっと背後で事態を傍観していた潤香に耳打ちをした。すると彼女は一度広間を退室し、なにかを抱えてすぐに戻ってきた。

椿は潤香が持ってきたものを受け取ると、伊吹に向かって投げつけた。

「伊吹、これで凛ちゃんの血を取るんだ。引き換えに、俺が知っていることならなんでも教えてやるよ」

受け取った伊吹の手の中にあったのは、消毒用アルコールとコットン、採血用の注射針が入った袋だった。

伊吹は深く長い嘆息をした後、諦めたようにこう答える。

「わかった。少し待っていろ。……凛、腕を出すんだ」

「はい」

着物の裾をまくって腕を露にした凛を伊吹は悲しげに見つめる。

「凛の体の一部を誰かに……。それも、椿なんかに渡すなんて耐えがたい屈辱だ。君のすべては、俺のものだというのに」

「伊吹さん……」

凛は思わず涙ぐむ。

生贄花嫁として死ぬつもりであやかし界に訪れた凛を、伊吹は温かく迎え優しく寵愛してくれた。この身のすべては、伊吹のためにあると常日頃から凛は考えている。

伊吹にその思いが伝わっているのだと感じられて、嬉しさを覚えた。同時に、椿に自分の一部を渡してしまうことへの悲しみも。

しかしそれ以上に凛が今感じていたのは、自分の血が状況を打破するためのキーになれたという達成感だった。

「本当にすまない……。俺がふがいないばかりに、凛をこんな目に遭わせてしまって」

伊吹は心底口惜しそうに言った。

しかし凛は涙を浮かべながらも微笑んで、首を横に振る。

「いいえ。伊吹さんが誰かを守るためならばどんな非情なこともできると知って、私はますますあなたが好きになりました。きっと、どんな状況でもあなたなら私たちを必ず守ってくれるのだと改めて思えたんです」

「凛……」

「ですがやっぱり、伊吹さんが手を汚すのは最後の手段にしてほしいから。こうして私の体の一部があなたのために役に立てるのなら、私は嬉しいんです」

心からの思いを凛が告げると、伊吹が無言で抱きしめてきた。彼の体温がじわじわと凛に伝わっていく。

怖いものなどなにもないと思わされる、力強く愛に満ちあふれた、いつもの伊吹の熱い抱擁だった。

「いちゃついてないで早くしろよ。腹立つなあ、もう」

椿が苛立ったような声を上げたので、伊吹は凛を解放した。

「うるさい、おとなしく待っていろ。少し痛むぞ、凛」

椿に毒づいた後、伊吹は凛の腕をアルコールで消毒してから採血用の注射器で血を抜き取る。そして注射器の中が凛の血で満たされると、テーブルの上にそれをそっと置いた。

すぐに潤香が注射器を取って、椿に渡す。

「……さあ凛の血は渡した。約束通り誘拐された者たちのいる場所を教えろ。……まさかこの期に及んでごねはしないだろうな？」

伊吹が鋭い口調で問うと、椿が「ふっ」と笑い声を漏らしてから答える。

「まさか、そんな真似はしないよ。俺はこれでも約束は守るタチでね。君に嘘を教えたら今度こそぶっ殺されるだろうしなあ。誘拐された人間たちと狛犬がいるのは、たぶん——」

椿は素直に情報を話し始めた。

内容はとても詳細で、伊吹や鞍馬が時折尋ねた質問にも驚くほどあっさりと答えていた。

中には、「誘拐犯を捕まえたいなら、信頼できる奉行者の知り合いを連れていけばいい。現行犯なら言い逃れできないだろう？　あ、俺は足が付かないから捕まらないよ。君たちにとっては残念だろうけどね～」とか「味方はできるだけ多く連れていきな。かなりの人数で誘拐事件を起こしているみたいだからね」といった、救出に役立つアドバイスのようなものすらあった。

——誘拐事件を起こしている一派は古来種たちで、椿さんもそちら側なはず。なんで私たちを助けるようなことまで教えてくれるのだろう……？

相変わらず訳のわからない男だ。しかし、あまりにも具体的かつ細やかな情報提供だったので、話に嘘偽りはないようだった。

　今は椿の思惑など気にしても仕方がない。とにかく彼から得た情報を元に、凛は伊吹と共に、誘拐された者たち——妹の蘭と火照、玉姫の救出へ向かう運びとなった。

第六章　愛の記憶

蘭の脳に刻まれている、もっとも古い記憶。

それは一歳上の姉である凛が、両親に『役立たず！　なんでお前なんて生まれてきたんだ！』とか『赤い目なんてしやがって！　あやかしに取り憑かれた呪いの子め！』などと罵られている光景だった。

幼い子供にとって、両親は唯一無二の絶対の存在であり、全知全能の神と称しても過言ではない。

他者と関わる機会がほとんどない上に、彼らの言うことを聞かざるを得ない環境なのだから、そうなるのは無理もない。両親の言動はなによりも正しく真っ当であり、幼児にとってそれが世界のあるべき姿となる。

だから自然と蘭の脳には、柊家での凛の扱いが理に適っている当然のものなのだと刷り込まれていった。

〝姉〟という生物は、役立たずで、生まれてこない方がよかった存在で、あやかしに取り憑かれた呪いの子である。虐げられ、蔑まれるのが当然の境遇である、と。

凛とは対照的に、蘭を両親はこれでもかというほど溺愛した。彼らに怒られた記憶など、蘭には一度もない。

蘭の行いすべてを褒めたたえ、『世界一かわいい子』と頬ずりをし、欲しがった物はなんでも買い与えてくれた。

そんなふうに両親が姉妹で違った態度を取るのは、凛が生まれながらにして奴隷に等しき立場であり、蘭がこの家の女王として生を享けたからだろうと、蘭はいつの間にか思うようになっていた。

物心ついた頃には、両親と一緒になって凛を虐げた。そうすると両親が嬉しそうな顔をするからだ。

両親を悦ばせられる自分を、ますます高貴で有能なお姫様なのだと蘭は思い込んだ。そして、両親にいつも不快な感情を抱かせる凛を、やっぱり出来損ないなのだと蔑むのだった。

きっと姉という生物は無能で呪われた存在なのだろうと蘭は信じて疑わなかった。

そんな蘭が自分の家庭環境に違和感を覚え始めたのは、小学校に上がった頃だった。

仲良くなった友達にも姉がいた。だが自分の家の姉とは、全然違っていた。

友人は優しい姉が大好きで、いつも一緒に登下校をしていた。蘭がその友達の家へ行った時に一緒に遊ぶ機会もあった。

友人は姉を虐げることも、命令することもいっさいなかった。一緒にいる時は、常に仲睦まじい様子だった。時々ケンカをする場面もあったが、お互いに『ごめんなさい』と謝罪して、すぐに仲直りをしていた。

面倒見のいい友人の姉は、友人をただかわいがるばかりではなく、時にたしなめる場面もあった。そして友人は素直に反省をし、姉の注意を聞くのだった。

自分の家では考えられない光景の連続に、蘭は吃驚した。彼女にとって驚天動地の出来事だったと言っても過言ではない。

柊家では、どんなことがあっても姉の凛は妹の蘭に逆らってはならないというのに。

なぜなら、彼女が凛だからだ。それ以外の理由はない。

蘭の失敗も凛の失敗となり、蘭が凛を叩いた拍子に食器が床に落ちて壊れても、『お前が蘭の気を損ねたのだろう！』と怒られるのは凛だった。

友人に『蘭ちゃんのおうちにも行きたいなあ！　お姉ちゃんに会ってみたい！』と言われた時に、『うん』とは言えなかった。

家の様子を友人に見せたくないと、なんとなく思ったのだ。

そういう事態が続き、小学校高学年になった頃、蘭はすでに自覚していた。

――うちの家族はみんな頭がおかしい。

赤い目、雪のような白い肌、茶色がかった頭髪といった、外見にまつわる特徴だけで、鬼の首を取ったかのように凛を虐げる両親。

それに対してひと言も不平不満を漏らさずに、『全部自分が悪いのだ』という卑屈な顔をする姉。

そして両親と一緒になって、理由もなく姉にひどい仕打ちをする自分自身。

しかし生まれてからずっとその状態だった家族と自分の立ち位置を変えようと思うほどの気概を、蘭は持てなかった。

学校生活などでたまったストレスを、凛をいじめて解消し小気味よさを覚えていたのも確かだったし、凛が常に自分の命令を聞き、例え理不尽な扱いを受けても『……ごめんなさい』と頭を下げる光景に恍惚感《こうこつかん》を覚えていたのも事実だ。

だが、仲のいい兄弟を見るたびに、『お姉ちゃんと私もあんなふうになれないかな』と考えたのも一度や二度ではない。

しかし、自宅に戻っていつものように両親に恫喝される姉を見ると、その気はすぐに削がれた。

体の一部の色が気に入らないという理由だけで、凛は虐待されている。蘭にとっては、些細なこととしか思えない理由で。

もし姉をかばいでもしたら、両親の矛先が自分に向くのではないか。

小学校高学年の時にそう思い当たった蘭は、両親の気を損ねないように凛をそれまで通りいじめ抜いた。うちの家族は狂っているという思いを、常に抱きながらも。

そんな葛藤は、両親が不在の時にあふれ出てしまった。

お父さんとお母さんの目がない今だけは仲のいい友人や姉妹のように、なんのしがらみもない姉と妹として自分たちも触れ合えるのではないか。

触れ合ってみたい。たったひとりの、姉と。

両親がまとまった時間を留守にするたびに、蘭は普段ひとり占めしているお菓子もゲームも姉に分け与え、共有し、楽しんだ。

最初は戸惑っていた凛も、次第に蘭のそんな行為を受け入れ、屈託ない微笑みを見せてくれた。

――すごく楽しいな。お姉ちゃんと一緒に遊ぶの。

しかしそう深く実感する時間に、両親は帰宅する。遊び尽くして荒れている部屋を見て、両親は凛を恫喝する。

そんな凛をかばおうと口を開きかけたこともある。『一緒になって遊んだのだから、お姉ちゃんだけが悪いわけじゃない』と。

しかし、眼前で凛に浴びせられている鬼のような怒鳴り声がそれをきっかけに自分に向いたらと思うと、恐怖で言葉が出なかった。

そして両親がいる〝通常の状態〟に家の中が戻ると、蘭はいつもの通り凛を奴隷のように扱うのだった。凛にとっては悪魔のような妹になった。

そうやって毎日、朝から晩まで蘭は凛をいじめ抜いた。時々気まぐれに少しの優しさを見せたからといって微塵も罪滅ぼしになどならないくらいに。

そして凛が夜血の乙女だと発覚し、鬼の若殿に生贄花嫁として献上され、家からいなくなった今。

蘭の中に渦巻く自己嫌悪はどんどん膨らんでいた。決して許されない仕打ちを実の姉に行ってしまったと、心から悔やんでいる。

しかしもしまた凛が家に戻ってきたら、たぶん自分は両親の目を気にして、元のような非道な仕打ちを凛にしてしまうのは明白だった。

——私はなんて卑怯で怯懦《きょうだ》で矮小《わいしょう》な人間なのだろう。

両親は、凛がいなくなった今でも変わらずに蘭を溺愛し続けている。

ただ、凛が鬼へと献上された際に国から多額の報奨金をもらったため、それを浪費するのに忙しいのか前より蘭に構わなくなった。

そして凛というストレスのはけ口がなくなったからか、以前より夫婦ゲンカの回数が明らかに増えてきていた。

彼らにとって人生の汚点だった凛と比べたら、蘭は最高にかわいい娘だったに違いない。しかし、今はその比較対象がいない。いつか両親は蘭を愛する意味を見失うだろう。

その時が来てもさすがに凛ほどの仕打ちはしてこないとは思うが、現在のような無償の愛は注がれなくなる。いや、もともと無償の愛とは程遠いと蘭はすでに理解していた。

凛があまりにも自分たちの理想とかけ離れていたから、当てつけに蘭を愛する素振りを見せていただけなのだ。

彼らはそういう人間だと、二十年弱共に暮らした蘭は知っていた。

これ以上、両親に毒される前に、実家から出てしまおうと考えていた。大学卒業までの、あと三年ほどの辛抱だ。

そして、凛が現在どうしているのかもとても気になっていた。

生贄花嫁は鬼の若殿に夜血を吸い尽くされて死ぬという認識が人間界には根付いていたため、きっと姉も命を落としたのだろうと最近までは思っていた。あの家でずっと暮らすよりはもう死んだ方がましだっただろうなと、おかしな憐れみを抱きながら。

しかし、大学の友人がこう言っていたのだ。

『都市伝説レベルの話だけどさ。先代の生贄花嫁は、鬼の若殿に見初められて生涯幸せに暮らしたんだって。もしかしたら蘭のお姉ちゃんも、今頃鬼の若殿様と新婚生活を送ってるかもねー』

そんな馬鹿な、とその話を聞いた時は笑い飛ばした。

しかし、もしそうだったとしたら？　凛が鬼の若殿に愛されて、幸福な生活を送っているとしたら？

その都市伝説が現実だとしても、きっともう二度と会うはずはないのだから蘭が知る必要はない。

しかし蘭は凛の現在が気になって気になって仕方がなくなった。

たぶん、安心したかったのだ。これまでの最悪な人生をなかったことにするような、幸福な生活を送っている凛を見て、『ああ、よかった』と安堵したかった。

凛に抱いている深い罪悪感を消したいがための、身勝手な動機だった。

――それで自分の行いが帳消しになるわけでもないのにね。

ちょうどそんな思いを抱えていた時、大学のサークルのキャンプで、鬼門がある山を訪れた。

古来より、鬼門周りにはあやかしがいるかもしれない、取って食われるかもしれない、という怪談話があるため、人間たちはなるべく近づかない。

現代ではあやかし界側に門番がいて、むやみにあやかしは通れないらしいから、そんなことはないはずだが。

肝試し気分で鬼門を訪れ、記念撮影する怖いもの知らずの若者も最近では増えてきている。

だが、近頃人間界では行方不明事件が多発していて、あやかしの仕業じゃないかという噂が出ていた。

そのためか、キャンプの始めに『鬼門には近寄らないようにねー！　あやかしに誘拐されちゃうかもよ！』と部長に冗談交じりに注意された。

凛が鬼の若殿に献上された時、鬼門のある洞窟の中には蘭も入った。

すぐに鬼の若殿が凛を連れ去ってしまったため、本当に少しの時間だったが。

——鬼門の先にあやかし界がある。お姉ちゃんが今も生活しているかもしれない、あやかし界が。

そう思うと、蘭は鬼門の様子を見に行きたくなった。

うまくいけば、少しだけあやかし界の様子が見られるかもしれない。

あやかしは人間を食らったらいけないとされる世の中なのだから、きっと危険な目には遭うまい。誘拐があやかしの仕業だっていうのも、単なる噂に過ぎないし。

そしてついに真夜中、キャンプのテントをそっと抜け出し、蘭は鬼門に近づいた。

すると、黒ずくめのあやかしが鬼門の近くをうろついていて、あっけなく蘭は捕まってしまう。そしてそのままあやかし界に連れ去られ、牢獄《ろうごく》に監禁された。

蘭を捕まえたあやかしの話では、捕まえた人間の女は裏競売に出品され、金持ちのあやかしが買うらしい。

つまり自分は商品なのだった。

そして誘拐犯の一味はどうやら危険志向の持ち主らしく、異種共同宣言が採択される前の世界に戻そうと企んでいた。

――あやかしが、人間を好き放題蹂躙する世界へと。

まああやかしたちの曲がった信念など、蘭にとってはどうでもいい事柄だった。すでに捕まってしまった自分がろくな目に遭わないことには変わりないのだから。

しかし、なんて自分は愚かなのだろう。あやかしが人間を誘拐しているかもしれないという風説を『そんなわけない』と自分の都合のいいように解釈し、鬼門に近づいた上に本当にかどわかされてしまうなんて。

――きっと罰が当たったんだ。

長年凛を意気揚々と虐げていた自分に天罰がくだったに違いない。当然の報いだ。

競売が行われるまで牢に閉じ込められるという話だったが、数日前に新しい人間が同じ牢の中に入れられた。

玉姫という、とてもかわいらしい子だった。

驚くことに、なんと玉姫には狛犬のあやかしの彼氏がいるらしい。とても興味深くて、蘭は彼女にいろいろ尋ねてみた。

「玉姫はどうしてあやかしの男と付き合ってるの？　人間の男だって、いっぱいいるじゃん」

「うん……。私ね、勉強も運動も得意じゃなくて、そのせいで親とあまりうまくいってなくてね。自分に全然自信が持てなかったから、男の人とも話すのが苦手だったの。

だけど、SNSで知り合った火照さんが、私はそのままでいいって、大好きだって言ってくれて。それで自信が持てるようになったの」

照れたように微笑みながら、玉姫は嬉しそうに語った。

——お姉ちゃんがもし、そういうあやかしに花嫁として迎えられていたら、どんなにいいだろう。

玉姫の話を聞いて、ついそう思ってしまった。自分の立場で凛の幸せを願うなど、傲慢極まりないというのに。

そんなので罪滅ぼしのつもりかと、馬鹿らしくなる。

それに、自分を誘拐したあやかしたちの振る舞いから、想像以上に現代のあやかしは凶悪であるとわかった。

だからきっと、先代の鬼の花嫁にまつわる話はやはり都市伝説で、凛は食われてしまっているに違いない。おそらく玉姫の彼氏のような穏やかなあやかしは少数派なのだ。凛があやかしに愛されている可能性など眉唾がすぎる。

「……だけどもう。私は火照さんには会えないのかな。助けに来てくれたりしないかなあ」

玉姫は膝を抱えて、弱々しく言葉を紡ぐ。

人間の女は貴重らしく、すぐに殺されはしないとは聞かされている。しかし男に売られるのだから、死んだ方がマシだと思える目に遭わされるだろう。その上、飽きられたら食われる可能性だって高い。

もちろん蘭は、自分の行く末に恐怖を抱いていた。しかし自分はそうなっても仕方ない非道な人間だからと諦めのような気持ちも抱えているため、冷静に物事を考えられた。

だが玉姫はこんな薄汚れた自分とは違う。善良な彼女は、ただ恐ろしくてたまらないに違いない。

「わかんない。私もここから逃げられないかいろいろ考えたんだけど。でも、あやかしに私たち人間が勝てるわけないよね」

「……そうだよね」

それを最後に、逃亡についての話をふたりは話題にしなかった。

話しても無駄だからだ。現実逃避をするように、玉姫から火照の話を聞いたり、蘭が今までの恋愛遍歴を話したり、他愛もない話題で時間を潰した。

おっとりと優しくしゃべる玉姫との会話は、本当に心が和んだ。いつものろまだと両親に罵られていた凛を彷彿《ほうふつ》とさせた。

そんなふうに玉姫と牢で過ごして、数日が経った時だった。

またひとり、牢に入れられたのだ。

あやかしの男だった。なんであやかしが捕らえられたのだろうと蘭が不思議に思っていると。

「ほ、火照さん……！」

玉姫が、男の顔を見るなり瞳を輝かせた。

なんと彼は、玉姫の恋人である火照だったのだ。

——玉姫を助けに来たってこと？　もしくは、助けに来て捕まった……？

瞬時に思考を巡らせる蘭だったが、どうも火照の様子がおかしい。目の焦点が合っておらず、喉からは小さく唸り声が聞こえてきた。

「会いたかった……！」

再会による嬉しさのあまり、火照の妙な様子にはまったく気がついていないらしい玉姫は、彼に走り寄っていく。

「危ない！」

玉姫が彼に襲われる、と直感で気づいた蘭は、慌てて玉姫を突き飛ばした。

するとやはり火照は玉姫を攻撃しようとしていたらしく、蘭がその一撃を代わりに負ってしまった。火照の鋭い爪によって傷つけられた二の腕から、血が滴り落ちる。

「ら、蘭さん！　血が……！　大丈夫⁉」

負傷した蘭に駆け寄る玉姫。

「……私は大丈夫だよ。それより玉姫、そいつに近づいちゃダメ！　なんだか様子がおかしいよ！」

怪我をした二の腕を押さえながら火照を顎で指して蘭が叫ぶ。

玉姫は信じがたいというような面持ちで、愛する優しい恋人であるはずの火照を凝視した。

「火照さん……？　どうして……!?」

玉姫の問いかけに返ってきたのは、「グルルル……」という獣のような低い唸り声だった。

明らかに火照は理性を失っている。口の端からはよだれが垂れていて、蘭と玉姫を食糧としか認識していない様子だった。

――狛犬は人を食わないあやかしなはず。どうして……？

疑問に思う蘭だったが、その隙に火照は再び玉姫に狙いを定めていた。

しかし玉姫はいまだに現実を受け入れていないようで、「どうして……？」と掠れた声で呟きながら呆然と立ち尽くしている。

「玉姫っ！」

このままでは玉姫が食われてしまうと、とっさに蘭は彼女をかばうような形で火照に立ちふさがった。

だが、今の火照にとっては蘭も玉姫同様、獲物なのである。今度は蘭に照準を合わせて飛びかかってきた。

――食われちゃうみたい、私。

覚悟を決めた蘭。

すると、襲いかかる火照の動きがスローモーションのようにゆっくり見えた。脳内に、幼い頃から今までの記憶が一気に流れ込んでくる。

どうやら走馬灯というやつらしい。

凛の姿がやたらと多い、今までの人生の映像。

――最後にお姉ちゃんが生きているのか、生きているなら今どうしているのか知りたかったたな。

そんなことをぼんやりと考えながら瞳を閉じる。

しかし、火照の攻撃を食らって、激しい痛みに襲われるか即死するかのはずだったのに、そんな衝撃は蘭の体には訪れなかった。

代わりに、誰かに横から飛びつかれ、その弾みで自身の体が地に倒れたのを感じた。

蘭が目を開くと、自分とよく似た面立ちの女が不安げな表情で顔を覗き込んでいた。

どうやら彼女が、火照から一撃を食らう直前に蘭を突き飛ばし守ってくれたようだ。

「凛さん……！」

その人物と知り合いだったらしい玉姫が感極まった様子でその名を呼ぶ。

――嘘……。まさか、そんな……。

自分の目の前に彼女が存在しているのが信じられなかった。

蘭は呆然とすることしかできない。

「蘭！　しっかりして！」

だが、彼女ははっきりと自分の名を口にした。かつて一緒に同じ家で暮らしていた時の情景が思い起こされる。

その声で自分の名前が紡がれることなど二度とないと思っていたのに。

そう、絶体絶命の蘭をすんでのところで救ってくれたのは、自分がいじめ抜き、すでに亡き者だと思い込んでいた実の姉である凛だったのだ。

＊

誘拐された者たちが幽閉されている場所を椿から聞いた後、まず凛と伊吹は鞍馬と共に懇意にしているあやかしたちに声をかけた。被害者の救出と実行犯の捕獲に協力してもらうためだ。

目的地は登山道も整備されていない、山奥の中の原生林にあった。密かに樹が伐採された土地に、巨大な鉄の監獄が鎮座している。

現地に集まったあやかしは、凛に御朱印を授けてくれた紅葉、伯奇、糸乃、瓢、阿傍の五人だった。

丑三《うしみ》つ時《どき》を回っている時間帯の緊急の招集だったというのに、よく来てくれたなと凛は感動する。

身重の阿傍のことは心配だったが、彼女は弟の火照が捕まっているかもしれないと知ると、『もう安定期だから動ける。家でおとなしく待っている方が胎教に悪そうだ』と駆けつけてくれたのだった。

さらに、阿傍は門番という立場から奉行所の岡っ引きに懇意にしている者が多く、連絡して彼らも引き連れてきた。

古来種派ではない、信頼のできる岡っ引きたちらしい。

組織ぐるみの誘拐が行われているかもしれないと伝えたら、その一味を一網打尽にしてやると彼らは意気込んでいた。

伊吹と凛、鞍馬は誘拐された者たちの救出を、残りのメンバーは誘拐犯を捕えるよう役割分担をした。

救出班は建物に侵入し、見張りを妖術で倒しながら牢を開けて人間の女性たちを助け出していく。凛は伊吹についていく形で行動をし、憔悴《しょうすい》した様子の人間たちに優しく声をかけ、外へと誘導した。

──妖術を使えない私にできるのは、これくらいだわ。

しかし物腰柔らかな凛が声をかけると、女性たちは安堵の涙を流した。

伊吹も「男だけでただ助けるよりも、凛のような優しい女性が話しかけた方が皆安心するよ」と、凛の働きぶりを誇ってくれた。

伊吹のその発言には素直に嬉しさを覚える。だが、しかし。

──蘭と玉姫さんがいないわ！　火照くんも……。

もういくつも牢をこじ開けて、中の人たちを救出しているというのに。もっとも救出したい彼らの姿が一向に見つからない。

すると伊吹が人間たちを「早く外へ！」と誘導している最中に、通路の隅でしゃがみ込んでいる女性を凛は発見した。

思わず駆け寄ってみると、まだ十五歳くらいの少女だった。「どうしたの？」と声をかけたら、おずおずと顔を上げる。

顔面蒼白《そうはく》で、慄然とした表情をしていた。どうやらあやかしに誘拐された恐怖に苛まれていたらしい。

──まだ中学生やそこらだもの。怖いに決まっているわ。

「もう大丈夫よ。人間界に帰れるからね」

「本当……？　私、お家に帰れるの……？」

震えた声で凛に尋ねる少女。凛は彼女を安心させるように満面の笑みで頷く。

「ええ、本当よ。だから、外に脱出している他のみんなについていってね」

手を差し伸べると、少女は恐る恐る凛の手を取って立ち上がった。いまだに顔色こそ青かったが、ぎこちない微笑みを凛に向ける。

「お姉さん、ありがとう……！」

少女は薄っすらと涙を浮かべ礼を述べると、伊吹が誘導している他の人間たちの方へと歩んでいった。

その光景に安堵する凛だったが、少女がしゃがみ込んでいた場所の近くに狭い通路を発見した。薄暗かったため、今までは見落としていたらしい。

伊吹を呼ぼうと思ったが、彼は人間に声がけをしていて忙しそうだった。

――ちょっと私だけで様子を見てこようかな。もう見張りは全部倒したって、さっき伊吹さんが言っていたし。

そう考えた凛が警戒しながら奥へ進むと、それまでの鉄格子の牢とは違う、中の様子が見えない堅い鉄の壁で覆われた部屋を発見した。

部屋の鍵は扉の横に吊り下げられていたので、凛が鍵を取って開錠すると。

なんと部屋の中では、火照と思しきあやかしが正気を失った様子で女性ふたりに襲いかかっていたのだ。しかもその女性たちは、蘭と玉姫ではないか。

さらに蘭が火照から攻撃を食らう直前だった。

細かいことを考える間もなく凛は蘭の方へと駆け寄り、彼女を両手で突き飛ばす。すんでのところで火照の一撃を回避することができた。

玉姫が感激した様子で「凛さん！」と声を上げる。凛も「蘭！　しっかりして！」と実妹に声をかけた。

蘭は呆然とした面持ちで、なにも言葉を発さなかった。凛をすでにこの世にいない存在だと思い込んでいたはずだから無理もない。

妹の蘭に対しては、複雑な感情を凛は抱いている。毎日彼女には虐げられたのに、不思議と心の底からは憎めない存在。

凛も、これ以上どんな言葉をかけたらいいのかわからない。

しかし、今は再会にふける暇などなかった。

攻撃をかわされた火照が、「グルルルル」と低く唸りながらじりじりと近寄ってきていたのだ。

――火照くん!?　明らかに普通じゃない……。どうしてしまったんだろう!?

だが悠長に火照の異変について考えている余裕などない。凛はかばうような形で蘭の前に立つが、異様な目つきで接近してくる獣のような火照に対抗する術はなく、後ずさることしかできない。

しかしすぐ後ろには部屋の壁があり、これ以上逃げ場はなかった。火照がよだれを垂らしながら鋭い爪の生えた腕を振り上げ、凛に向かって飛びかかる。

──せっかく蘭に会えたのに。

万事休すか。それでも蘭を守ることだけを考え、火照の前で仁王立ちした凛は覚悟を決めて瞳を閉じる。すると。

「グアッ！」

火照からそんな悲鳴が発せられる。同時に、なにかが焼け焦げるような匂いが漂ってきた。

凛が恐る恐る目を開くと、眼前では火照が苦しそうにもがいている。炎による一撃を食らったのか、彼の腹当たりが真っ黒になっていた。

そして凛の耳に、低く透き通るような、あの美しい美声が届く。

「……状況はよくわからぬが。危ないところだったな、凛」

「伊吹さんっ！」

絶体絶命の自分を救ってくれたのは、やはり最愛の鬼の若殿だった。感極まった凛は、涙声でその名を叫ぶ。

伊吹は一瞬だけ凛に微笑みかけたが、すぐに険しい面持ちになって女性三人を守るような形で火照の前に立ちふさがる。

「いったい火照はどうしてしまったんだ!?」

鋭い爪で襲いかかってくる火照をいなしながら、伊吹が声を上げる。

「わ、わかりません！　いきなり牢に入ってきて、襲いかかってきてっ」

「正気を失っているみたい……。私たちを食べようとしたんだよ」

伊吹の問いにまず涙声で玉姫が答え、蘭の冷静な声がそれに続く。

火照の瞳には煌々《こうこう》とした禍々しい光が宿っており、終始唸り声の漏れる口からは唾液が滴り落ちていた。獲物を狙う肉食獣のような様子からは、普段の飄々《ひょうひょう》としつつも穏やかな彼の気配は微塵も感じられない。

「なにかに操られているんでしょうか!?」

「どうやらそのようだな」

凛が尋ね、伊吹が答えたタイミングで、火照の容赦ない爪の一撃が伊吹を襲う。伊吹は妖力を込めた手による炎の攻撃で反撃した。

しかし、元の火照の人柄を知っている伊吹は、彼にあまりダメージを与えないように力を抑えているようだった。

だが理性を失った火照は全力で伊吹に攻撃してきている。その上、彼は常に伊吹の背後に控えている三人の人間の女を狙っているようだった。

——なぜ私たち人間を食べようとしているの？

狛犬は人肉には惹かれない種族のはずだ。いくら火照が操られているらしいとはいえ、本能に刻まれている捕食対象まで操作するなどできるのだろうか。

「くっ……」

伊吹の口から小さく呻き声が漏れる。彼がまとう着流しの着物はすでにいくつも破れていて、腕や足にはたくさんの切り傷ができていた。

「伊吹さん！　大丈夫ですか⁉」

滅多に傷など追わない伊吹の珍しい様子に心配になった凛が問うと、伊吹は引きつった笑みを浮かべながらこう答えた。

「ああ。……今のところは、だが」

確かにまだ伊吹の動きには余裕が見られる。しかし相手が火照だけに、伊吹は思うように攻撃できないのだ。

反撃が不可能なこの状況で火照の攻撃から三人の女性を守り続けるのは、いくら『最強』の伊吹でも厳しいのだろう。

しかも火照によって牢の奥に追い込まれてしまっている状況なので、ひとまず脱出するのも困難だった。

冷や汗をかいている伊吹の美しい顔にも、いつの間にか切り傷ができている。

このままではいつか伊吹が疲弊して、火照に致命傷を食らわされてしまう。そうなれば必然的に、人間の女たちは火照の餌となるだろう。

――どうしたらいいの……⁉

なす術のない状況に、伊吹の背後で凛はおののく。

すると、火照に反撃した伊吹の一撃が今までよりも強かったようで、彼の体が吹っ飛び牢の壁に叩きつけられた。

伊吹の口から「……しまった」という声が漏れる。どうやら自然と力が入ってしまったようだった。

「ほ、火照さん！」

豹変《ひょうへん》した様子でも、火照であることには変わりはない。彼の恋人である玉姫が悲痛そうな声で名を呼ぶ。すると。

「う……。玉姫……？」

倒れ伏した火照から、それは微かに聞こえてきた。今まで放っていた獰猛な獣のような唸り声とはまったく違う、理性が宿ったいつもの彼の声で。

「ほ、火照くん！」

「正気に戻ったのか⁉」

凛と伊吹が口々に叫ぶと、火照はふらふらと身を起こしながら苦痛に耐えるような面持ちでこちらを見てきた。

「凛さん、伊吹さんも……。み、みんな早く逃げて、ください……」

息も絶え絶えに掠れた声で火照が言う。なにかに必死に抗っているような、そんな印象を受けた。

「火照さん、いったいどうしたの……？　どうして、私たちを……」

呆然とした面持ちで玉姫が尋ねる。

「俺はもう、今までの俺じゃない……。このままじゃ、玉姫や人間たちを食べてしまう……。ぐっ……」

歯を食いしばりながらも、たどたどしく火照が答える。

慎重な伊吹は相変わらず三人の女性を自分の背後で守りつつ、神妙な声で火照に尋ねた。

「火照、どういうことなのだ……？」

「た、玉姫が行方不明になったって知って、いてもたってもいられなくなって……。き、鬼門の近くをうろついていた怪しい奴を問いただしたら、俺捕まっちゃって……。そしたらなんかよくわかんない薬を飲まされちまって……」

「薬……？」

眉をひそめて凛が問う。

「その後から、頭の中に人間を食べているあやかしの映像が勝手に流れてきて……。に、人間を食べたいっつー欲求が、後から後から湧き出てきてっ！　……うっ」

瞳に涙を浮かべ、自分自身の体を抱きしめながら火照が答える。

その仕草は、今にも暴れ出しそうな自身の体を必死で押さえつけているようだった。

「樹木子の葉だな……！」

伊吹が口惜しそうに呟いた。

甘緒が自分が育てている樹木子という薬草が最近盗まれていたと話していたのを、凛は思い出す。

――確か、体内にその成分を大量に摂取すると、獣のように欲望が強くなる呪いのかかる葉だって。さらに、その呪いがかかったあやかしは、食らった生物の記憶を吸収し、その能力や特徴を自分のものにできるようになるって伊吹さんが話していたわ。

「火照くんが樹木子の葉の成分を飲まされたってことですか!?　欲望が強くなり、食らった生物の記憶と特徴を吸収する呪いがかかるっていう」

凛の問いに伊吹が頷いた。

「おそらく。そして樹木子の葉と同時に、人肉を食べたあやかしの体の一部――体液かなにかも同時に飲まされたのだろう」

「だから人間を食べないはずの火照くんも、人間を食べたいと思うようになったのですね……」

温厚な狛犬である火照の、人肉を欲する素振りを疑問に思っていたが、それが呪いによるものだとすれば説明がつく。

「ああ、どうやらそのようだな。古来種側のあやかしが仲間を増やすために樹木子の葉を盗んだのだろうと思っていたが。大方、火照はその実験台にでもされたのだろう。人間の女性は貴重なはずだが、たくさんの人数を誘拐したから玉姫たちは火照が捕食するかどうか試すための餌に……」

「そんな……！」

伊吹と凛のやり取りを聞いて、火照の身に起こった事態を把握したらしい玉姫が悲痛な声を漏らした。

「ねえ……。なんとかその呪いってやつを解除できないの？」

蘭が火照を憐れんだ目で見据えながら問う。しかし伊吹は沈痛そうに首を横に振った。

「樹木子は『神が作りし草』とも言われるほどの強い効力を持つ薬草だ。呪いを解除する術はないと言われている。今は一時的に理性を取り戻しているようだが、たぶんすぐに元の獣のような火照に戻ってしまう」

凛は絶句する。玉姫と蘭も言葉を失っている様子だ。

「は、早く逃げろ……！　俺の心が戻っているうちにっ……。う、う、ぐ、ぐあああああ！」

苦悶の表情を浮かべて火照が絶叫した後、なんと彼の全身に恐ろしい速さで被毛が生えたかと思えば、むくむくと体が膨張していった。そしてあっという間に、立派な鬣《たてがみ》を生やした獅子《しし》のような巨大な獣へと変化する。

釣り上がった瞳に、大きな牙の生えた口。さらに四つ足で地を踏みしめる姿は、容赦のない肉食獣そのものだった。

「あれは狛犬本来の姿だ。樹木子の強い呪いで力が解放されたか！」

伊吹が言い終わると同時に、火照の鋭利な爪が生えた大きな前足が伊吹に振り下ろされる。

伊吹は腕に妖力を込めてなんとかそれを受け止めるが、衝撃が想像よりも強かったのか「ぐあ……！」と苦痛の声を漏らした。

「いかん。呪いで力が増強された今の火照の強さは俺と互角、いや以上だ。このままでは凛たちを守りきれない……！」

「えっ！」

伊吹の言葉に凛は驚きの声を漏らす。

——まさか、伊吹さんが敵わない相手がいるなんて。

それほど樹木子の呪いは強力なのだろう。

火照が狛犬の姿に変化する前は、なんとか攻撃をかわしつつ脱出する術《すべ》を伊吹は考えていたようだが、もうそれも難しいらしい。

「わ、私の血を伊吹さんが吸うのは!?」

凛の夜血を伊吹が吸うと、一時的にだが身体機能と妖力が著しく上昇する。

そうすればなんとかこの危機的状況から脱出する術はあるのではないかととっさに考え提案したが。

「血を吸っている隙を俺たちに与えてくれないだろうな」

伊吹が火照を注視しながら答える。

火照はぎらついた瞳を終始凛たちに向け、獲物にありつく機会を狙っていた。

確かに、伊吹が凛の血を吸い始めた瞬間、蘭や玉姫が食われてしまうのは想像に難くない。

伊吹は打開策が思いつかないのか、口惜しそうに唇を噛みながらただ火照の攻撃を防いでいる。しかしどんどん伊吹の体は疲弊していっている。彼がやられて人間の女たちが火照に食われるのは、もはや時間の問題だった。

――いったいどうすればいいの?

伊吹の背後で凛が途方に暮れていると。

「食らった生物の記憶と能力や特徴を吸収する呪い……。じゃあ、火照さんがもし人間を食べれば、その人の記憶が火照さんに移るのですよね？　そして凛さんの血を吸えば、伊吹さんは力が強くなって火照さんを倒せると」

凛の傍らで、俯いた玉姫がそう尋ねた。

「……まあ、そういうことだが」

低い咆哮《ほうこう》を上げる火照を注意深く観察しながら伊吹が答えた。

その間にも、じりじりとこちらに近寄ってきている火照。おそらく彼は、大きな一撃を狙っている。

今までずっと伊吹の後ろで狼狽していた様子の玉姫だったが、なんと彼の隣へと歩み進んできた。

「玉姫！　前に出てくるなっ。そんなところにいたら食われるぞ！」

玉姫の行動に、顔色を変えて彼女を制そうとした伊吹だったが。

「伊吹さん。私が火照さんの動きを止めてみせます。……その後は、凛さんの血を吸ってあなたの手で彼を殺してください」

凛とした面持ちをした玉姫は、落ち着いた声でそう言った。

火照を真っすぐと見据えるその様子には、並々ならぬ深い決意が宿っているように凛には見えた。

「玉姫さん……？」

彼女の意図がわからず、困惑しながら尋ねる。

伊吹も怪訝そうな顔をしていた。

すると玉姫は伊吹に向かってどこか悲しげに微笑みかける。

「……お願いしますね、伊吹さん」

静かにそう言った後、伊吹の前に躍り出て火照と対峙した。

急に獲物が眼前に現れたためか、火照は戸惑っている様子だった。

「玉姫！」

伊吹が叫ぶがまったく反応せず、玉姫は火照に向かってこう語りかけた。

「あなたのおかげで私は自信が持てた。こんな自分でもいいんだって、生まれて初めて思えたの。火照さん、大好き。ずっとずっと、死んでも愛してる。ねえ、私たちは死ぬ時も一緒だよね」

玉姫がそう言い終わるやいなや、火照の大きな口が彼女を捕えてなんと丸呑みしてしまった。

衝撃の光景に、凛は呆然と立ち尽くした。

「嘘……！」

蘭の掠れた声が凛の耳に入る。

玉姫があやかしに食べられてしまった。それも、彼女自身が愛した狛犬の火照に。種族の垣根を越えて、想いを通わせたはずのふたりだというのに。

——どうして⁉　どうして、こんなことに……！

深い絶望に襲われた凛が膝から崩れ落ちた時。

「グルッ……。ウ、うっ……。お、お……おおおお！」

狛犬本来の姿になった火照の口から、けたたましい咆哮が発せられた。

それは先ほどまでの食欲に支配された猛獣が発している雄たけびとは、まったく違う叫びだった。

何事かと顔を上げて火照を見る凛。

彼は苦悶の表情を浮かべ、苦痛にのたうちまわるように身を震わせながら、悲痛そうに吠《ほ》えていた。そして宝珠のような大きな瞳からは大粒の涙が零れ落ちている。

それはどこからどう見ても、深い悲しみに襲われている獣の姿だった。

そんな様子を見て、猛獣の姿の火照になにが起こったのかを凛は瞬時に理解した。

——玉姫さんは自分を火照くんに食べさせることで、自分の記憶を彼に移したのね。心からあなたを愛している、という気持ちを。

火照の体には現在、玉姫の感情が流れ込んでいるのだ。出会いから今までのふたりの幸福な思い出が。共に育んできた愛が。誓い合った将来の光景が。

そしてそんな彼女を自らが食らってしまったと気づいた獣は、とてつもない心の痛みに襲われているのだろう。

――玉姫さん、なんてことを！　でも、だけど……！

玉姫が命を張って自分たちを助けようとしてくれたのだ。そんな彼女の意志を無駄になんかできない。

それにいつ火照が元のただの獰猛な獣に戻るかわからない。もう迷っている暇はない。

すると伊吹も同じように考えたらしく、凛を勢いよく引き寄せてきた。

「凛！　少し痛むぞ」

「はい」

凛は涙を目じりに溜めながら頷いた。

本当はこんな結末を迎えたくない。火照も玉姫も救い出して、約束通り幸せな結婚をしてほしかった。

しかし、火照にかけられた呪いを解く術はない。玉姫だって食べられてしまったし、火照を生かし続けていればひたすら人間の肉を求め続けるだろう。

とにかく今は、命を懸けて自分たちを助けようとしてくれた玉姫の決意を無駄にしないように行動するしかなかった。

「あっ……」

伊吹が凛の首元に歯を立てた。彼に血を吸われるのはこれで三度目になるが、何度経験してもこの感覚には慣れない。

自身の血が愛する伊吹に溶け込み、彼とひとつになっているこの瞬間は、凛の体には圧倒的な幸福感と快楽がどうしても訪れてしまう。

血を吸い終わった伊吹が凛を解放すると、深い脱力感を覚えてその場にしゃがみ込んだ。

すると、遠吠えのように長い声で悲哀を叫ぶ火照に向かって、伊吹は対峙した。

彼の額には天に向かって伸びた見事な一本の角が生えていて、唇からは尖鋭な牙がはみ出している。そして、普段はほんのり赤みがかっている黒髪は、燃え盛る業火のような紅蓮《ぐれん》の色に変化していた。

夜血を吸い、本来の鬼の姿へと伊吹は変貌を遂げたのだった。

「火照。お前も玉姫も守りきれなくてすまない……」

ひどく沈痛そうに掠れた声で彼にそう語りかけた後、伊吹は妖力を込めた手を彼に向かって振りかざした。

伊吹の掌底から、激しく燃え盛る紅蓮の炎が放たれた。あっという間に火照は火だるまになる。

心と体、両方に激痛を食らった火照から発せられた断末魔が辺りに響き渡った。

火照の大きな体が倒れ伏す。炎が収まった後、露になった彼の全身は真っ黒に焼け焦げていた。

思わず火照の方へと駆け寄る凛。火照はピクピクとまだ少し体を震わせていたが、息絶えるのは時間の問題だろう。

あまりに悲惨な彼の最期に、こらえきれなくなった凛はとめどなく涙をあふれさせた。その雫が火照の体に滴り落ちる。

「こんなっ、こんなことって……」

もはや虫の息となった火照の体にすがりながら、凛が嗚咽《おえつ》を漏らす。すると。

「えっ……？」

火照の体の、自分の涙が滴り落ちた箇所の火傷が、わずかに癒えているように見えた。

見間違いかとも思ったが、念のため自ら涙をぬぐって火照の体にそれをこすりつけてみると、みるみるうちに傷が癒えていくではないか。

──いったいどうして……!?　あ！　ひょっとして、私の夜血の効果!?

学生時代、生物の授業中に教師がこんな話をしていたのを凛は思い出した。

涙と血液は実はほぼ同じ成分で、涙は血液から赤血球や白血球などを抜いた透明な液体からできている。つまり涙は透明な血液なのだと。

また夜血は、鬼以外にもすさまじい治癒効果や栄養増強効果が見込める。鬼以外のあやかし、そして人間にも。

さらに甘緒は『体内の悪いものを浄化する効果もあるという伝説もあるな』とも言っていた。

――それならば、夜血には火照くんにかかった呪いを消す効果だってあるのかもしれない……！

そう思いついた凛は、悲痛そうな顔をして凛の傍らに立っていた伊吹にこうまくし立てた。

「伊吹さん！　護身用の短刀をお持ちですよね!?　私にお貸しください！」

「……？　確かに持っているが……」

突然の凛の行動に、困惑したように伊吹は答える。

「私の血で全部なかったことにできるかも……！　時間がありません、早く！」

早口で凛が主張すると、伊吹はハッとしたような顔をした。聡明な彼は、凛の考えを瞬時に見抜いたようだった。

伊吹は短刀を素早く懐から出し、凛に手渡した。

「凛が今から負う傷は後で糸乃に治癒してもらおう！　だがあまり深くは傷つけない

ようにな……！」

「はい！」

訳がわからないらしい蘭は、戸惑ったような面持ちでふたりの行いを傍観していた。

だが今は説明している暇はない。火照の生命はすでに風前の灯火なのだから。

凛は伊吹から受け取った短刀で自分の手の甲を切りつけた。

鋭い痛みが走り思わず凛が顔をしかめると、皮膚の上にひと筋の赤い線が生まれ、そこから血があふれ出てくる。

そしてその血を、火照の体に一滴、二滴……と垂らしていく。

──回復にはどのくらいの量の血がいるのかな……。さすがに何リットルも使ったら私の体が危ないかもしれない。

しかしそんな凛の心配は無用だった。三滴目の夜血が火照の体に滴り落ちた瞬間、火照の全身がきらきらとまばゆく輝き、ほぼ消し炭のように化していた全身が色を取り戻し始めたのだ。

さらに、巨大な本来の狛犬の姿だった火照の体がみるみるうちに縮んでいく。そして凛たちも見覚えのある灰色の髪と瞳を持つ人型の形状へと変化した。

そしてなんと、彼の傍らに玉姫まで現れたのだ。気絶しているようで意識はないが、ほぼ外傷は見当たらず生きているようだ。

念のため凛が確認したところ、玉姫からは呼吸音を感じられた。

狛犬の姿の火照は彼女を丸呑みにしていた。それで消化器官内で生存していたところ、凛の夜血の効果で回復したのだろう。

――すごい。夜血にここまでの効果があったなんて……！

藁にもすがる思いで実行した苦肉の策だったが、まさかたった三滴で火照のみならず玉姫まで回復させてしまうとは予想以上だった。

涙よりも夜血の方が圧倒的に効果が高かったのは、涙にはない血液に含まれている成分のおかげだろうか。

「う……？　俺は……」

傷が癒えた火照が覚束ない声を上げながら身を起こした。まだ混乱しているようだが、瞳には理性的な光が宿っている。

どうやら彼にかけられた呪いもしっかりと解除されたようだ。

そして火照は自分の隣に横たわっている最愛の恋人の存在に気づき、ハッとしたような面持ちになった。

「玉姫……！」

彼女の肩を揺さぶりながら名を呼ぶ。

すると、玉姫はうっすらと瞳を開けた。

「火照、さん……？」

「玉姫！　そうだ、俺だよっ」

「な……にが起こったのか、全然わからないけれど……。元の火照さんだあ。よかった……」

力なく、しかし心底嬉しそうに微笑む玉姫。

そんな彼女を火照は瞳に涙を溜めながらきつく抱擁した。もう一生玉姫を離さないという彼の強い決意が、ひしひしと伝わってくる。

玉姫と牢に入れられていた蘭も、彼女の生存は喜ばしかったようで「玉姫！　生きてるんだね！」と声を上げながら駆け寄った。

「どうやら、うまくいったようだな」

三人の様子を眺めながら、伊吹が凛に歩み寄ってくる。

見事な一本角を生やした伊吹だったが、真の鬼の姿になる前に火照から受けた攻撃の傷跡が生々しい。着物はところどころ破れ、体中擦り傷だらけだ。美しい顔には、幾重にもみみず腫れが浮かんでいた。

『最強』のふたつ名を所持する伊吹がここまで負傷するのは珍しい。夫の痛々しい姿を間近で見た凛は、思わず彼に抱きついた。

「凛？」

「伊吹さん、こんなに傷だらけになってしまって……」

突然の凛の行動に伊吹からは動揺の色が漏れたが、凛は涙声でそう告げる。

大切な伊吹が全身の至るところを怪我していることには悲哀を感じつつも、『やはり、この人はどんなことをしても自分を守ってくれるのだ』という感動もあり、凛は感極まっていた。

すると、頭に優しく柔らかい感触を覚えた。伊吹が凛の髪をとても丁寧に、愛おしそうに撫でているのだった。

「ありがとう凛。だが大丈夫だ。こんな傷、俺ならば数日で治る」

人間ならば数週間は傷跡が残りそうな具合だったが、妖力の強い鬼は回復力も高いということらしい。

「そうなのですね。それはよかったです」

伊吹の言葉を聞いて幾分か心が落ち着いた凛が、彼の胸に埋めていた顔を上げて離れると。

「ん……？　胸の傷が治っているな。どうやら凛の涙が触れたらしい」

伊吹が自分の胸の方を見ながら言う。

「え？」

彼の胸に視線を合わせると、確かに先ほどまであったはずの裂傷が綺麗さっぱり完治していた。

「俺を想う凛の涙が、俺の傷を癒してくれたのだな。やはり俺たちは、魂からつながっている夫婦なのだ」

「はい……！」

凛は力強く頷いた。

伊吹の言葉通り、自然とあふれ出た涙が彼の傷を治癒させたのだ。ますます伊吹との絆《きずな》が深まった気がして、大きな喜びが込み上げる。

「まさか夜血の効果がここまでとはな……。しかし本当によかった、火照も玉姫も大丈夫そうで」

少し離れた場所で無事を喜んでいる火照と玉姫、蘭たちを眺めながらしみじみと伊吹が言う。

「はい。夜血三滴で火照くんの傷はおろか、呪いまで解けてしまうなんて驚きです」

伊吹に答えながら、『玉姫が火照に丸呑みにされる前に夜血の効果を思い出せれば、彼女に苦渋の決断をさせることなく樹木子の呪いが解けたのでは……』と凛は考えていた。

だが、伊吹ですら捕らえられないほどの猛獣だった火照に対して、夜血を振りかけて呪いを解く隙はなかっただろう。

──やっぱりどうしても一度、火照くんの動きを止める必要があった。玉姫さんの愛の力によって。

「おそらく俺の攻撃によって火照が瀕死になったと同時に、かけられた呪いの効果も弱まったのだろう。さすがに火照がピンピンしている時だったら、こううまくはいかなかったのではないかな」

伊吹の推測はとても腑《ふ》に落ちるものだった。確かに、本来なら伊吹に勝る妖力を授ける呪いを夜血三滴で解除できるとは思えない。

樹木子の呪いを祓《はら》うためには、火照を極限まで弱らせる必要があった。結局この流れでしか、火照と玉姫のふたりを救う方法がなかったのだろう。

「凛がとっさに夜血の効果を思いついたおかげだよ。よくこの状況でそんな考えに至ったな。椿に取引を持ちかけた時といい、君は時々俺の予想を超える行動を取る」

凛を愛おしげに見つめながら微笑む伊吹。

鬼の若殿からの称賛は素直に嬉しかったが、常にひたすら必死で動いているだけの凛にとっては、そんなに褒められるような行いをした覚えはなかった。

「いえ……。そんな、私はただ自分にできることをやっただけです。私は伊吹さんや御朱印をくれたあやかしのみんなのように強くはありませんから」

控えめに自分の思いを吐露する凛だったが。

「だからこそ凛はすごいのだ。妖力が強いあやかしが強いのは当然のこと。しかし君は機転と身に宿る血だけで物事を解決したのだからな。本当に、君の夫として誇り高いよ」

いっそう笑顔を深くして、伊吹が凛に優しく語りかける。

『君の夫として誇り高い』という彼の言葉は、凛に底知れない嬉しさを感じさせた。

──私、少しは鬼の若殿の妻らしくなれたのかな？

突然自分を嫁に迎えてくれた伊吹は妖力も強く知識も豊富で、あやかし界でも人間界でも偉大な存在と認識されていた。

そんな彼の伴侶として少しでもふさわしい存在になれるように、ただひたすら脆《ぜい》弱《じゃく》な人間の自分にできることを模索している日々だった。

伊吹はそのままの凛でいいと常に言ってくれているけれど、自分自身が納得できなかった。

鬼の若殿と肩を並べられる存在になりたい。先代の夜血の乙女であり、あやかしにも慕われた人間である茨木童子のように。そんな凛の決意が報われた瞬間だった。

「ありがとうございます……！」

感極まる凛の頭を、伊吹が再び優しい手つきで撫でてきた。伊吹の手のひらから感じられる体温は、なによりも温かい。

しかし、心が落ち着いてきたら短刀で傷つけた手の甲が痛みだしてきた。

改めて見てみると、かなり深く皮膚がえぐられている。人間界の病院だったら、数針の縫合が必要なくらいの傷だろう。

──あまりに必死だったから、血を出すために自分を傷つけるってことを深く考えていなかったけれど……。やっぱり結構痛いなあ。

いまだに血があふれ出てくる傷を見ると、自然と苦笑いが零れてしまう。

「時に凛。手の傷は大丈夫か？」

「あっ、はい。大丈夫です！」

伊吹に心配をかけたくなくて凛は作り笑いを浮かべた。そしてとっさに手の甲を隠す。

するとと伊吹は顔をしかめた。

「本当に大丈夫なのか？　傷を見せてみろ」

「えっ……」

こんな切り傷を見たら伊吹さんがうろたえてしまう……と渋ったが。

「いいから、見せろ」

有無を言わさぬ雰囲気で伊吹が突っ込んでくるので、根負けした凛は「はい……」と返事をして恐る恐る手を伊吹に差し出した。

伊吹はいまだに血が流れ出ている凛の深い傷を見るなり顔を引きつらせ、深く嘆息をする。

「凛。ここまでざっくりいかなくてもよかったのではないか？」

「そ、そうですね……。ですがあの時は必死で」

うろたえながらも答える。

「まったく俺の凛は無茶をするのだから……」

どこか愛おしげに、仕方ないなあといった感じで伊吹は凛の手を取ったままその場にひざまずいた。そして口元に凛の手を運んだかと思ったら、なんと傷口をぺろりと舐めたのだ。

「えっ、い、伊吹さん!?」

「君のすべては俺のものだと言っただろう？　血の一滴すらな」

戸惑う凛だったが、伊吹はどこか悪戯っぽく笑って答える。

唐突な口説き文句に、凛は顔を真っ赤にさせてしまうのだった。

その後、他の誘拐された人間たちを救出した凛と伊吹は、誘拐犯の一味を現行犯で岡っ引きに引き渡した仲間たちと合流した。

糸乃はすぐに凛の傷を絡新婦の糸で治癒してくれた。するとまるで何事もなかったかのように、凛の手の甲は滑らかな肌へと戻った。

保護された人間たちは今後、念のためあやかし界の病院で療養し、岡っ引きが事情聴取した後、人間界へと帰されるとのことだ。

また、夜血によって呪いが解け火傷が治癒した火照も、大事を取って病院で診察を受けることになった。

監獄のもっとも大きな部屋の一カ所に救出された人間たちを集めると、糸乃が伊吹と凛にこう告げた。

「あたしは紅葉さんと瓢さん、伯奇さんと手分けして、近くの病院へ人間たちを連れていくよ。あたしはこの辺の病院にってもあるから、事情も話しやすいしね」

数十人の人間たちを病院まで連れていくにはかなりの時間と人手を要しそうだったが、看護師の糸乃を始めとしたみんなが率先して行ってくれるのなら、だいぶスムーズに事が運ぶだろう。

「そうか。よろしく頼むぞ」

「お願いいたします」

伊吹と共に糸乃に頭を下げる凛。

阿傍は、知り合いらしい岡っ引きと会話していた。逮捕された誘拐犯たちの今後の処遇について、話し込んでいるようだった。

また、火照と玉姫のふたりと感動の再会を果たした鞍馬は、「よかったあああ」と涙を流しながら火照に抱きついていた。「なんだこの鞍馬は。うっとおしい……」とぼやく火照だったが、まんざらでもなさそうである。

そんな光景を微笑ましく思っていたら、部屋の隅で手持ち無沙汰な様子で突っ立っている蘭が、凛の目に入ってきた。

もう二度と会うはずのなかった実妹と再会を果たしたわけだが、これまで怒涛《どとう》の展開で蘭と向き合う暇がなかった。

――なにを話せばいいかわからないけれど、蘭と話したい。

そう思った凛は蘭へと駆け寄る。

すると近づいてきた姉に蘭はハッとしたような面持ちをした後、ぷいっと顔を背けた。

「蘭……！　無事でよかった」

蘭の塩対応など気にも留めず、凛は微笑んで声をかける。以前は塩どころか激辛な対応しかされなかったのだから、そんな蘭の振る舞いは凛の心に微塵もダメージなど与えない。

「……馬鹿みたい」

蘭はそっぽ向いたまま、小声でそう言った。

意味がわからなくて、凛は「え？」と聞き返す。

すると蘭は凛の方を向いて、忌々しそうに見つめながらこう吐き捨てた。

「馬鹿みたいだって言ったの！　私、お姉ちゃんをあんなにさんざんいじめたのに！私、あんたにひどいことしかしてないのにっ。そんな私を命がけで助けに来るなんて、馬鹿にもほどがあるよ！」

「蘭……」

思ってもみない蘭の発言に戸惑う凛だったが。

「さんざん嫌な目に遭わされてるくせに、お姉ちゃんっていつも卑屈で自分が一番悪いみたいな顔してさっ。なんなのよ、お人好しぶっちゃって！　そんなあんたが私は昔から大嫌いだった！　嫌いで嫌いでしょうがなかったんだよっ」

まくし立てる蘭の瞳に涙が浮かんでいると気づいた凛は、黙って彼女の声に耳を傾けることにした。

怒鳴りつけて息が上がったのか、蘭は「はーはー」と肩で何回か呼吸をした後、再び凛から顔を背ける。そしてしばらく間を置いてから、今までとは打って変わって静かな声でこう呟いた。

「……だけどお姉ちゃん以上にお父さんとお母さんが私は大嫌い。自分が大嫌い。私が一番嫌いなのは、自分自身だよ……」

言葉の最後は、消え入りそうなくらいに弱々しかった。涙をこらえているような声にも聞こえた。

「お姉ちゃんのことはもう忘れる。鬼の若殿に血を吸われて死んだんだって私は思い込む。きっとそれが私たちにとって一番いいんだよ」

「蘭……」

蘭の言い分を聞いて、凛は自分が彼女に対して抱いていた印象が、決して間違いではなかったのだと確信した。

やはり蘭は、幼い頃に両親に洗脳されていただけ。彼女が気づいた時は、家庭の異常さに抗えない状況に陥っていたのだ。

――ねえ、蘭。両親がいない時に見せてくれた無邪気なあなたが、やっぱり本当のあなたなんだよね。

しかし、凛と蘭の間にできた溝は簡単に埋まるものではなかった。人生のほぼすべてを蘭と両親に虐げられていた凛は、簡単に妹に気を許せない。

きっとそれは蘭だってわかっている。この期に及んで凛と仲睦まじい姉妹になど、決してなれないことも。

今になってどんなに悔やもうと、蘭が犯した過去の過ちはあまりにも大きすぎる。今さらそれらをなかったことになんて、お互いにできるはずがなかった。

「……そうだね。もう私たちは会わない方がいい。どちらにしろ、住む場所が遠すぎるから会えないだろうけれど」

蘭の決意を受け取った凛がそう告げると、蘭はやっとこちらを向いた。そしてどこか意地悪く微笑んでから口を開いた。

「もうお姉ちゃんは、二度と人間界に帰ってこないで。……鬼の若殿さまとよろしくやってればいいんじゃない？」

言い終わるなり、蘭はすたすたと歩き出して他の人間たちの中に紛れてしまった。

反射的に呼び止めようとした凛だったが、これ以上話す必要はないと気づいてとどまる。

――鬼の若殿さまとよろしくやってればいいんじゃない、か。

きっとそれは、蘭なりの精いっぱいの祝福なのだ。

そう考えることにした凛は、おそらくもう二度と会えないであろう妹の最後の言葉を、胸に深く刻み込んだのだった。

第七章　朗らかな幸福

「……という経緯でして。行方不明だった人間たちは全員保護され、誘拐に関わっていたあやかしの一味は逮捕されたようです」

椿の書斎にて、一連の事件の結末についての報告をする潤香。

自分の主《あるじ》である椿は、鬼の若殿たちに説明した通り誘拐には関わっていない。本当にただ鬼門の警備を緩める手伝いをしただけだ。

用意周到かつ用心深い椿は、今回の件で自分に足がつくようなへまは起こしていないはず。彼の元に岡っ引きが尋ねてくることは、まずないと考えていいだろう。

それでもこの一件がどうなるかが気になったようで、椿は人間たちの監禁場所付近に部下をひとり潜伏させていた。

その部下から聞いた事の顛末について、潤香が今椿に申し伝えたという流れだった。

「そっかあ。さすがだねえ、伊吹と……凛ちゃんは」

書斎の椅子に深く腰掛ける椿は、「凛」という名を口にした瞬間、浮かべていた笑みを深くした。

やはり椿にとって夜血の乙女は特別な存在なのだと、潤香は改めて思い知らされる。

「報告ありがとう、潤香。もう行っていいよ」

顔に笑みを張りつけたまま、椿が告げる。

幼い頃から椿に仕えている潤香だったが、相変わらず主がなにを考えているかはわからない。

「承知いたしました。では、失礼いたします」

しかし、そんなのわからなくていいのだ。わかる必要などない。

しょせん潤香は椿の駒でしかないのだ。命令をただ無心で遂行するだけの兵士なのだから、主の意図を理解する意味などないのである。

そう心得ている潤香は、淡々と椿の命に従う日々を送っていた。

しかしそんな彼女でも、心を乱される瞬間がたったひとつだけあった。

「……うっ」

椿に命じられた通り書斎から退室しようとした潤香だったが、彼が小さく呻いたのが聞こえて思わず立ち止まる。

椿は頭を押さえて机にもたれかかっていた。どんな時でも余裕ある表情を浮かべている椿には大層不似合いな苦悶の面持ちで。

「椿さま！」

命令も忘れて、主に駆け寄る潤香。

すると、「う、う……」と呻く椿の頭からめきめきと音を立てて、なんと二本の鋭い角が生えたのだった。

両耳の上くらいの側頭部に生えた角は、内側に向かってなだらかに弧を描いている。

これは鬼の角ではない。

——牛の角だ。

「椿さま！　お気を確かに……！」

椿の身を案じる言葉を言いながら、潤香は机にもたれかかる彼の体を支えようと手を伸ばす。

しかし、そんな彼女の手を椿は振り払った。

「俺は大丈夫だ。今は、まだ……」

苦しそうに椿は声を漏らす。

そして角の生えた彼の美しい顔が、端からどんどん黒ずんでいった。さらに、滑らかな肌がめきめきと形を変えていく。

「お、おれを見るな……！　みっに、くい俺のす、がたなどっ！」

異形の姿になりかかっている椿の叫びを聞いて、潤香はハッとする。そして主の懇願通り、慌てて書斎を後にした。

しかし扉を閉じてから、潤香はその場に座り込んでしまった。

椿は牛鬼である。半分が牛、半分が鬼であるあやかしの。

牛鬼は稀《まれ》に発作を起こし、牛の姿へと変化してしまう時があるのだ。

しかし動物の牛の姿とはまったく異なっていて、昆虫のような六本の足が生えた漆黒の体は、異形の獣そのものだった。

そして発作が収まれば、元の美しい人型のあやかしへと戻る。

しかし成長と共に次第に発作の頻度が増え、いつしか牛鬼は異形の姿でしかいられなくなる。

そしてその時を迎えた牛鬼は、理性もそれまでの記憶もすべて失ってただの獣と化すのだ。

この牛鬼の生態は一般には知られていない。人間界はおろか、あやかし界のあやかしたちにも。博識な伊吹の知識の中にもおそらくないはずだ。

牛鬼は個体数が絶対的に少ない上に、牛鬼自身がこの特徴をひた隠しにしているせいだろう。

――今の椿さまには理性があった。おっしゃっている通り、きっとまだ大丈夫なはず。まだ、、……。

しかしここ最近、発作の頻度が明らかに増加している。椿がただの牛の獣に成り下がるのも時間の問題だ。

激高した伊吹が椿を殺すのを厭《いと》わないといった発言をした時、椿はまるで自分の命を省みないような素振りを見せた。

――あの時、きっと椿さまは本当に伊吹さまに殺められてもいいとお考えになったのだろう。獰猛で醜悪極まりない畜生へと成り下がってしまう前に。

だがしかし、実は牛鬼には自らの意志による死が許されていない。恐ろしいことに、彼らの体はそういうふうにできているのだ。

鬼の若殿ほどの妖力ならば、そんな理《ことわり》を超えて自身の命を刈り取ってくれると椿は期待したようだが、夜血の乙女の介入によって当てが外れてしまった。

――もう時間がない。早くなんとかしなくては。

しかし、大して妖力の高くない濡《ぬ》れ女の潤香にはどうすればいいかなど見当もつかなかった。

聡明で慎重な椿ですら、いまだに自身の体に起こっている現象になんの解決策も見出していないのだから。

期待した夜血の乙女の血液も、なんの効果もなかったらしい。治癒効果や身体能力の増強、呪いの解除の効果まで内包されているという伝説のある夜血ですら、牛鬼の発作は止められなかった。

だがしかし、それは無理もないだろうと潤香は思う。

牛鬼の体の残酷とも言える仕組みは、強力な呪いによるものだった。

牛鬼一族にかけられたのは、美しい人型からおぞましい異形の姿へといずれ変化し、さらに自死が許されないという世にも恐ろしい呪詛《じゅそ》なのだった。

そして、その呪いは先代の茨木童子よりも遥か昔、気が遠くなるほど古の時代に夜血の乙女に関わった牛鬼がかけられた、惨《むご》く恐ろしい呪いなのだ。

——きっと、夜血の乙女自身が携わっている呪いだから、夜血では解除できないのね……。

そう納得する潤香。しかし扉の閉まった書斎の中から漏れる主のうめき声を聞いた彼女の瞳には、涙があふれていた。

一連の誘拐事件騒動が解決して、一週間が経った。

現行犯で逮捕された誘拐犯の一味は、全員勾留され岡っ引きによる取り調べを受けている。

岡っ引きの中にも古来種側のあやかしがいるらしいとの噂だったが、現行犯だったのとあまりに事が大きかったためか裏から手を回せなかったようで、今のところ保釈された犯人はひとりもいない。

今後裁判を受け、正当な裁きが下されるはずだ。

なお、鬼門の警備を緩めさせていた椿については、誘拐犯たちからいっさい情報が出なかったらしい。

用意周到そうな彼のこと。自分に足がつかないように慎重に動いていたのだろう。

しかし、凛にとっては椿が捕まろうが捕まるまいが、どうでもよかった。

誘拐された蘭を始めとした人間たち全員と火照が無事に帰ってきたのだ。これ以上の望みはなにもない。


どちらにしろ、岡っ引きがどうにかできるほど椿は簡単な男ではないだろうし。

また、誘拐された人間たちは全員人間界へ帰され、事件の前と変わらぬ日常を送り始めているらしい。


本日、凛は伊吹、鞍馬、糸乃、阿傍という今回の件を共闘した主なメンバーたちと、鬼門を訪れていた。

目的は、人間界に旅立つ火照の見送りだった。


「本当にもう行ってしまうのか、火照」

弟に向かって寂しげに声をかける阿傍。

「うん。だって近くにいないと、玉姫を守れねーしさ」

火照は姉に微笑みかける。

もともと玉姫と結婚したら人間界で暮らすつもりだった火照だが、今回の誘拐の件で一刻も早く彼女のそばに身を置きたいと考えるようになったのだという。

「へー。でも大丈夫なの？　玉姫の親御さん、まだふたりの同棲《どうせい》に納得してないんでしょ？」

「えっ、そうなの⁉」

鞍馬の言葉に、驚きの声を上げる糸乃。

確かにまだ若い娘が男と、しかもあやかしと一緒に暮らすとなれば、多くの保護者は簡単には許してくれないだろう。

「あはは、そうなんだよー。玉姫がそれとなく話したらしいんだけど、『絶対許さん！』ってめっちゃ怒られたって言っててさー」

「えっ。本当に大丈夫なのかな……？」

軽い口調で厳しい事態について説明する火照に、凛もハラハラとした気持ちになる。

しかし、心配そうな顔をする一同に向かって、火照は自信ありげな面持ちになって口を開いた。

「だから俺が行くんじゃん。玉姫と一緒にご両親を説得するんだ。いかに俺が玉姫を大事にしてるか話せば、まーきっとわかってくれるっしょ？」

「えー、そうかなー。だって玉姫ちゃんの親って異常に厳しくてあんまり仲良くやれてないって話だったじゃん？　めっちゃ頭硬そうだけど」

「そん時はふたりで駆け落ちするから！」

鞍馬の言葉ににやりと笑って、火照は高らかに宣言した。

――か、駆け落ち⁉　それって結局大丈夫じゃないような……。でも、火照くんと玉姫さんは、種族という壁を越えて心の底から愛し合っているものね。

火照が正気を失った時の玉姫の行動、玉姫を食らった後の火照の反応、そしてふたりが復活した時の言葉。

それらを間近で見聞きした凛は、深くそれを実感していた。

――大丈夫じゃないことがあっても、ふたりが一緒ならきっと幸せになれるよね。

凛がそう思っていると。

「火照。玉姫をなにがなんでも愛し抜くのだぞ。どんなことがあっても守ってやれ」

伊吹がしみじみと、真剣な声音で火照に告げた。

火照と同じで、人間の女を生涯守り抜くと決意している伊吹。旅立とうとしている火照に対して、自身と重なるものを感じたのだろう。

すると火照は深く頷き、涙ぐむ。

「もちろんっす。俺、そういう覚悟を持って人間界に行くんすよ。てか、伊吹さんと凛さんがいなければ、俺も玉姫も間違いなくあの時死んでいた。ふたりには感謝しかないっす」

凛もふたりにあった出来事を思い返すと、込み上げてくるものがあった。

「私たちだって火照くんが教えてくれなければ、阿傍さんの事情はわからなかった。きっと誘拐事件を解決できなかったと思う」

「うむ、そうだな。糸乃も阿傍も手を貸してくれて本当に助かった。今回の一件は、ここにいる皆の頑張りがあってこそ、解決を迎えられた」

「……凛さんと伊吹さんがそう言ってくれて、本当に嬉しいっす」

と、いい雰囲気のまとめに入り、うんうんと頷く一同だったが。

「ねー……。ちょっと、俺は……？」

鞍馬が恨めしげに伊吹を睨む。伊吹の言葉を脳内で復唱した凛は、その中に鞍馬の名前がなかったと気づく。

「……あ。すまん忘れてた。素で」

伊吹が苦笑を浮かべて言う。

本当にうっかり、鞍馬の名前を上げるのを忘れていたらしい。

「もう！　俺あんたの弟だろうが！　俺だって結構頑張ったじゃんいろいろ！」

「うむ……そうだな。だからすまんって」

涙目で訴える鞍馬だったが、軽い口調で謝る伊吹。

その光景が漫才みたいで凛がクスクスと笑い声を漏らすと、糸乃と阿傍、火照も笑っていた。

「あははは……って、ごめん俺そろそろ行かなきゃ。鬼門の向こうで玉姫が待っているからさ」

すでに火照は鬼門を通るための審査をパスしている。門番の統括者である阿傍も立ち会っているので、このまま鬼門を通ってすぐに人間界へと渡れる状況だ。

「そうなんだー。……あーいいなあ人間の彼女」

「ははっ。玉姫の友達を鞍馬にいつか紹介できるかもな」

うらやましそうな顔をする鞍馬に、火照が冗談めいた声でそう告げると。

「えっマジマジ!? 待ってるからね！ 本気で！」

鞍馬は瞳を輝かせる。

そんな鞍馬を糸乃は残念そうに眺めた。

「……いやー、今のは社交辞令っしょ」

「まず、鞍馬はしつこく女性を追いかけるのを直さんと」

鞍馬に聞こえないような小声で容赦のない軽口を言い合う糸乃と伊吹。凛は苦笑いを浮かべる。

「とにかく達者でな、火照。落ち着いたら連絡をよこせよ。そして本当にたまにでいいから、実家に顔を見せに来い」

姉の阿傍がいよいよ別れを匂わす言葉をかけると、火照は鬼門に向かって歩き出した。

「ありがと、ねーちゃん！ みんなもまたな！」

「おー！　元気でなー！」

「人間の彼女を大切にするんだよー！」

「玉姫さんによろしくお伝えください」

「人間界でなにか困ったら、俺に相談しろよ」

一同がそんなふうに声をかけると、火照は背を向けて鬼門の中へと入っていった。

完全に姿が見えなくなった時、ふっと阿傍が小さく息を漏らした。

「……行ってしまったな」

「阿傍さんは特に寂しいよね。……あっ、だけどもうすぐ新しい出会いもあるじゃない？　楽しみだね！」

糸乃が阿傍の腹部を見て、満面の笑みを浮かべる。この前会った時よりも、気持ち大きくなっているように見えた。

「ふ……。そうだな」

阿傍が数度腹をさすり、幸福そうに微笑んだ。

「私もとても楽しみです！」

「無事に生まれるように心から祈っているぞ」

「出産祝い贈るからねー！」

凛と伊吹、鞍馬が口々に言うと、阿傍は笑みをさらに深くした。

「ありがとう、皆。生まれる前からこんなにたくさん声をかけてもらえるなんて……この子は幸せ者だな」

「旦那さんもすっごく喜んでるしね！　……あっ。阿傍さん、そろそろ戻らなきゃじゃない？　旦那さん待ってるよ」

糸乃が阿傍に尋ねた。

阿傍の夫は瑤姫草のおかげで全快したが、長期間寝たきりだったせいで筋力が衰えてしまっていた。現在リハビリを行って以前の生活に戻る準備をしているらしい。

その手伝いを糸乃が行っているのだった。もうそろそろリハビリを行う時間なのだろう。

「む……そうだな糸乃さん。では皆、そろそろ戻るとするか」

鬼門を後にする一同。

糸乃と阿傍、鞍馬の三人が火照と玉姫カップルや生まれてくる子についてを並んで歩いて話す後ろに、凛と伊吹のふたりが続く。

「本当にこれで一段落、という感じだな」

「ええ、そうですね」

穏やかな声で放たれた伊吹の言葉に、凛が笑みを浮かべて答える。

確かに誘拐事件は解決し、妹の蘭も無事に人間界に帰せた。事件に巻き込まれた火照と玉姫、阿傍の身辺もいい方向に転がった。

しかし、すべての不安が払拭されたわけではない。

今回の件で知った、古来種と呼ばれる危険な思想を持つあやかしたちの存在。そしてなにより、相変わらずなにが狙いなのかわからない椿の存在。

それに、まだまだ凛には御朱印が必要だ。

今回はこれまでよりも、御朱印を賜るのに苦労が多かった気がする。特に瑤姫草が与えた試練では、少し凛が違う行動をしていれば瑤姫草も御朱印も手に入れられなかっただろう。

身の危険を回避できたのは幸いだったが、今後はさらに難しくなってくるはずだ。問題は山積みながら、結局は自分にできることを頑張るしかない。今回だって、それでなんとか事がうまく運んだ。

――運がよかっただけかもしれないけれど。

と、凛が最近の出来事を思い返していると。

「どうした？　深刻そうな顔をして。なにか心配事でも？」

伊吹が凛の顔を覗き込んできた。

「え……。私、そんな顔していましたか？」

そういうつもりがなかった凛はそう聞き返す。

「うむ。黙ってなにかを考えているようだったし、眉間に少し皺ができていたぞ」

「そ、そうでしたか。……なんでもないです」

これ以上伊吹に気遣ってもらうのは申し訳なく思い、そう答えた凛だったが、伊吹はなぜかくすりと小さく笑った。

「古来種だの椿だの……まあ、凛にとってみれば不安ばかりだよな。でも凛には俺がいるのだ。なにか気に病むようなことがあれば、いつでも俺を頼ればいい」

凛の思考など鬼の若殿にはお見通しだったようで、穏やかな声でそう言われる。不安を抱えていた凛を丸ごと包み込んでしまうような、包容力を感じさせる言葉だった。

「あ、ありがとうございますっ。伊吹さん」

内に秘めようとした懸念まで察してすくい取ってくれる愛情深い鬼の若殿。その伴侶となれた自分はなんて幸せなのだろう。

改めてそう実感した凛は、声を弾ませた。

すると、目を細めて伊吹が凛の頬に手を添える。

伊吹の意図を察した凛は、体に緊張が走った。これは伊吹が、凛に口づけを乞う時の動作だ。

凛が目を閉じると、唇に柔らかいものが触れる。何度味わってもあまりに甘美で、熱くて、圧倒的な幸福を感じるこの瞬間。

そして伊吹と唇を重ねるたびに、凛はまた思うのだ。もっとこの人にふさわしい女性になろう、と。

短めの口づけが終わり、凛が瞼《まぶた》を開ける。

「……ねー、見た糸乃？」

「見た見た、ばっちし」

恨めしげな顔をしている鞍馬と、興味津々そうに瞳を輝かせている糸乃。そして阿傍が「微笑ましいなあ」とでも言いたげに目を細めてこちらを見ていた。

「えっ……。みんな今の見てたの⁉」

凛は慌てたが、伊吹はばつ悪そうに笑うだけだった。

そんなふたりに鞍馬が詰め寄ってくる。

「見てたよー⁉　おい伊吹！　相変わらず節操ないなお前はっ」

「うるさいな鞍馬は。口づけくらいでギャーギャーと」

伊吹が大層不快そうに言葉を吐くと、鞍馬のこめかみの青筋が立つ。

「はあー⁉　それはキスする相手がいない俺に対する嫌味ですかあ⁉」

「そうだな。口づけごときで騒いでいるうちはモテないままなんじゃないか？」

「そ、そんなことないもん！　俺モテないわけじゃないもん！　ＳＮＳで写真を送るとイケメンっていつも言われるもん！」

「しかし、みんな中身を知ると離れていくと——」

「うっせー黙れ！　嫁がいるリア充だからってあまり調子に乗んじゃねー！」

そんないつもの言い合いをする兄弟。

ふたりの日常を知っている凛と糸乃は苦笑を浮かべて歩き出す。

「なんだかケンカしているようだが……？　大丈夫なのか、放っておいて」

この光景を初めて見るらしい阿傍が、心配そうに凛と糸乃に尋ねてくる。

「あ、大丈夫です。そのうち収まりますから」

「ただの兄弟のじゃれ合いだから。阿傍さんは気にしないで」

「そ、そうなのか……？」

ふたりが平然としているため、渋々納得した様子の阿傍。

女性三人が並んで歩く後ろに、言い合いを続ける鬼と天狗の兄弟が続く形となった。

「あの激しい兄弟ゲンカをスルーできるなんて。凛、前より神経図太くなったね」

糸乃が悪戯っぽい微笑みを浮かべて言う。

「えっ、そうかな……？」

「ふふ、いい感じじゃん。これ褒め言葉だからね」

「あ、ありがとう……？」

果たして褒め言葉なのかどうか。いまいちわからない凛だったが、一応糸乃に礼を述べる。

「まあ、鬼の若殿の嫁なんて神経が図太くないとやっていけなさそうではあるな」

今度は阿傍がしみじみと言う。

「そうなんですかね……？」

「あたしもそう思うよ。だって大変じゃーん」

「うむ。というか、女性は年齢を重ねるにつれて神経が太くなっていくという俗説がある。特に子育てを経験するとな。……私もこれから図太くなるんだろうか？」

「阿傍さんは今でも強いから、それ以上にはならないんじゃない？」

「確かに……。いつもとても凛々しくしていらっしゃいますよね」

「むっ？　そうか……？」

女性同士のそんな会話が楽しくて、凛は自然と笑みが零れていた。

そして自分の後ろには、どこか活き活きとした声で言い争う最愛の夫と義弟の声が途切れない。

心を通わせたあやかしたちとの、朗らかな日常。凛の心にふつふつと穏やかな気持ちが湧いてくる。

糸乃と阿傍と会話を続けながら、幸せだなとふと思う。

そしてこの幸福な日々を守るためにも、もっと尽力せねばと改めて決意した。
愛する鬼の若殿と共に。

END

あとがき

御無沙汰しております。湊祥です。おかげさまで、『鬼の生贄花嫁と甘い契りを三』を皆様の元にお届けすることができました。ありがとうございます！　伊吹と凛の物語を、こんなにも長く綴ることができて大変嬉しいです。そして帯にあります通り、なんとコミック化企画進行中です！　たぶん作者が一番楽しみにしてます。　毎回新しい種類のあやかしが登場するこのお話ですが、今回はコロナ禍でおなじみになったアマビエと、きっと誰もが御存じの狛犬が新たに出てきました。

アマビエはなんとなくかわいらしいイメージがあったんですけど、疫病退散にご利益がある神聖なあやかしということで、甘緒ちゃんには見た目は子供、頭脳は大人というおいしいキャラになっていただきました（笑）。

また狛犬姉弟は正反対の性格ですが、ふたりともいい奴に仕上がりました。ちなみに阿傍さんの名前は、門番という立場から地獄の獄卒である阿傍羅刹《らせつ》からお借りしています。火照は神話の登場人物である、火照命《ほでりのみこと》から。ちなみに火照命の奥様は豊玉《とよたま》姫《ひめ》です。あまり本作のストーリーと神話の内容は噛み合っていませんが、伝説上の夫婦や恋人から名前をお借りしたかったので、そう名付けました。

そして相変わらず気持ち悪い椿……！　なんだか彼もまずいことになっていますね。次巻を出すことができれば、椿について掘り下げるお話になる予定です。

また、忘れてはならないのが主人公ふたりです。伊吹の溺愛はどんどん増し増しに（笑）。今回キスしすぎじゃないのか……と我ながら思います。そりゃ、甘緒も突っ込みますよね。凛は徐々に自己肯定感が高くなり、今回は自分の力でいろいろ切り抜けることができました。今後ももっと成長していくんだろうなと思います。

そして凛と蘭の関係性ですが、ざまあを期待した方は申し訳ありません。ですが凛は幸せを掴んだからといって復讐を考えるようなキャラではないんです。それに幼い頃からの境遇を考えると、蘭もある意味被害者なのではないかと思います。でも「はい仲直り！」とできるような関係でもなかったので、ああいう結末となりました。

さて。既刊に引き続き、イラストを担当してくださいましたわいあっと先生。お姫様抱っこ最高です！　ありがとうございました！

また、本作品に関わってくださったすべての方に感謝を申し上げます。そして、この本を手に取ってくださった方に、改めて熱く御礼を申し上げます。

ではまた、皆さまにお会いできますように。

湊祥

この物語はフィクションです。実在の人物、団体等とは一切関係がありません。

湊 祥先生へのファンレターのあて先
〒104-0031　東京都中央区京橋1-3-1　八重洲口大栄ビル7F
スターツ出版（株）書籍編集部 気付
湊 祥先生

鬼の生贄花嫁と甘い契りを三
～鬼門に秘められた真実～

2022年9月28日　初版第1刷発行
2024年1月26日　　　第2刷発行

著　者　　湊 祥　©Sho Minato 2022

発 行 人　菊地修一
デザイン　カバー　北國ヤヨイ（ucai）
　　　　　フォーマット　西村弘美
発 行 所　スターツ出版株式会社
　　　　　〒104-0031
　　　　　東京都中央区京橋1-3-1　八重洲口大栄ビル7F
　　　　　出版マーケティンググループ　TEL 03-6202-0386
　　　　　（ご注文等に関するお問い合わせ）
　　　　　URL　https://starts-pub.jp/
印 刷 所　大日本印刷株式会社

Printed in Japan

ISBN　978-4-8137-1326-5　C0193

スターツ出版文庫　好評発売中!!

『わたしを変えた夏』

普通すぎる自分がいやで死にたいわたし（『だれか教えて、生きる意味を』汐見夏衛）、部活の人間関係に悩み大好きな吹奏楽を辞めた絃葉（『ラジオネーム、いつかの私へ』六畳のえる）、友達がいると妹に嘘をつき家を飛び出した僕（『あの夏、君が僕を呼んでくれたから』栗世凛）、両親を亡くし、大雨が苦手な葵（『雨と向日葵』麻沢奏）、あることが原因で人間関係を回避してきた理人（『線香花火を見るたび、君のことを思い出す』春田モカ）。さまざまな登場人物が自分の殻をやぶり、一歩踏み出していく姿に心救われる一冊。

ISBN978-4-8137-1301-2／定価704円（本体640円+税10%）

『きみと僕の５日間の余命日記』　小春《こはる》りん・著

映画好きの日也は、短編動画を作りSNSに投稿していたが、クラスでバカにされ、孤立していた。ある日の放課後、校舎で日記を拾う。その日記には、未来の日付とクラスメイトの美女・真昼と出会う内容が書かれていた――。そして目の前に真昼が現れる。まさかと思いながらも日記に書かれた出来事が実際に起こるかどうか真昼と検証していくことに。しかし、その日記の最後のページには、５日後に真昼が死ぬ内容が記されていて…。余命×期限付きの純愛ストーリー。

ISBN978-4-8137-1298-5／定価671円（本体610円+税10%）

『夜叉の鬼神と身籠り政略結婚四～夜叉姫の極秘出産～』　沖《おき》田《た》弥《や》子《こ》・著

夜叉姫として生まれ、鬼神・春馬の花嫁となった凛。政略結婚なのが嘘のように愛し愛され、幸せの真っ只中にいた。けれど凛が懐妊したことでお腹の子を狙うあやかしに襲われ、春馬が負傷。さらに、春馬ともお腹の子の性別をめぐってすれ違ってしまい…。春馬のそばにいるのが苦しくなった凛は、無事出産を迎えるまで、彼の知らない場所で身を隠すことを決意する。そんな中、夜叉姫を奪おうと他の鬼神の魔の手が伸びてきて…⁉鬼神と夜叉姫のシンデレラストーリー完結編！

ISBN978-4-8137-1299-2／定価660円（本体600円+税10%）

『後宮の生贄妃と鳳凰神の契り』　唐《から》澤《さわ》和《かず》希《き》・著

家族に虐げられて育った少女・江瑛琳。ある日、瀕死の状態で倒れていた青年・悠炎を助け、ふたりの運命は動き出す。彼は、やがて強さと美しさを兼ね備えた国随一の武官に。瑛琳は悠炎を密かに慕っていたが、皇帝の命により、後宮の生贄妃に選ばれてしまい…。悠炎を想いながらも身を捧げることを決心した瑛琳だが、神の国にいたのは偽の鳳凰神で…。そんなとき「俺以外の男に絶対に渡さない」と瑛琳を迎えに来てくれたのは真の鳳凰神・悠炎だった――。生贄シンデレラ後宮譚。

ISBN978-4-8137-1300-5／定価638円（本体580円+税10%）

スターツ出版文庫　好評発売中!!

『壊れそうな君の世界を守るために』　小鳥居《ことりい》ほたる・著

高校二年、春。杉浦鳴海は、工藤春希という見知らぬ男と体が入れ替わった。戸惑いつつも学校へ登校するが、クラスメイトの高槻天音に正体を見破られてしまう。秘密を共有した二人は偽の恋人関係となり、一緒に元の体へ戻る方法を探すことに。しかし入れ替わり前の記憶が混濁しており、なかなか手がかりが見つからない。ある時過去の夢を見た鳴海は、幼い頃に春希と病院で出会っていたことを知る。けれど天音は、何か大事なことを隠しているようで…。ラストに明かされる、衝撃的な入れ替わりの真実と彼の嘘とは――。

ISBN978-4-8137-1284-8／定価748円（本体680円+税10%）

『いつか、君がいなくなってもまた桜降る七月に』　八《はち》谷紬《やつむぎ》・著

交通事故がきっかけで陸上部を辞めた高２の華。趣味のスケッチをしていたある日、不思議な少年･芽吹が桜の木から転がり落ちてきて毎日は一変する。翌日「七月に咲く桜を探しています」という謎めいた自己紹介とともに転校生として現れたのはなんと芽吹だった――。彼と少しずつ会話を重ねるうちに、自分にとって大切なものはなにか気づく。次第に惹かれていくが、彼はある秘密を抱えていた――。別れが迫るなか華はなんとか桜を見つけようと奔走するが…。時を超えたふたりの恋物語。

ISBN978-4-8137-1287-9／定価693円（本体630円+税10%）

『龍神と許嫁の赤い花印～運命の証を持つ少女～』　クレハ・著

天界に住まう龍神と人間である伴侶を引き合わせるために作られた龍花の町。そこから遠く離れた山奥で生まれたミト。彼女の手には、龍神の伴侶の証である椿の花印が浮かんでいた。本来、周囲から憧れられる存在にも関わらず、16歳になった今もある事情で村の一族から虐げられる日々が続き…。そんなミトは運命の相手である同じ花印を持つ龍神とは永遠に会えないと諦めていたが――。「やっと会えたね」突然現れた容姿端麗な男・波琉こそが紛れもない伴侶だった。『鬼の花嫁』クレハ最新作の和風ファンタジー。

ISBN978-4-8137-1286-2／定価649円（本体590円+税10%）

『鬼の若様と偽り政略結婚～十六歳の身代わり花嫁～』　編乃《あみの》肌《はだ》・著

時は、大正。花街の料亭で下働きをする天涯孤独の少女・小春。ところがその料亭からも追い出され、華族の当主の女中となった小春は、病弱なお嬢様の身代わりに、女嫌いと噂の実業家・高良のもとへ嫁ぐことに。破談前提の政略結婚、三か月だけ花嫁のフリをすればよかったはずが――。彼の正体が実は“鬼”だという秘密を知ってしまい…⁉　しかし、数多の縁談を破談にし、誰も愛さなかった彼から「俺の花嫁はお前以外考えられない」と、偽りの花嫁なのに、小春は一心に愛を注がれて――。

ISBN978-4-8137-1285-5／定価649円（本体590円+税10%）

書店店頭にご希望の本がない場合は、書店にてご注文いただけます。